山中访药记

虞彩虹 著

黄山书社

图书在版编目（CIP）数据

山中访药记 / 虞彩虹著. -- 合肥 : 黄山书社,
2021.12
（传统生活之美）
ISBN 978-7-5737-0042-1

Ⅰ.①山… Ⅱ.①虞… Ⅲ.①散文集—中国—当代
Ⅳ.①I267

中国版本图书馆CIP数据核字（2022）第002492号

山 中 访 药 记 虞彩虹 著

SHANZHONG FANG YAO JI

出品人 贾兴权
策　划 吴警兵
责任编辑 张月阳
装帧设计 有品堂_刘 俊 张俊香
出版发行 黄山书社（http://www.hspress.cn）
地址邮编 安徽省合肥市蜀山区翡翠路 1118 号出版传媒广场 7 层 230071
印　刷 安徽联众印刷有限公司
版　次 2022 年 2 月第 1 版
印　次 2022 年 5 月第 2 次印刷
开　本 880mm × 1230mm 1/32
字　数 170 千字
印　张 8.875
书　号 ISBN 978-7-5737-0042-1
定　价 58.00 元

服务热线 0551-63533706
销售热线 0551-63533761
官方直营书店（https://hsss.tmall.com）

目录

贝母

貝母

比起延胡索纤弱的茎叶，贝母的茎叶显然蕴蓄了更多的力量，能更好地支撑自己。贝母花却是低垂的。我喜欢贝母花低垂的样子，不是低眉顺眼，而是一种漫不经心的美。低垂的当然不只有贝母花，可作为名贵中药材，这样的开放姿态总是惹人喜爱。延胡索花拼尽全力地绽放，给人一种感动；贝母花低垂的样子，给人另一种感动。

我曾天真地以为，天下贝母花皆为我所见的淡黄绿色。不料，其花色有纯淡绿色的，有外层淡黄绿、内里散布着紫色斑点的，有深紫色略带黄色小方格的，还有紫红色带浅绿色小方格的，也有浅黄色带黑紫色斑点或红褐色斑点的……贝母的花朵并不大，可小小的一朵花，最复杂的可以从紫色逐渐过渡到淡黄绿色，并具紫色斑纹，跨度之大，实在超乎想象，便觉自己又做了回井底之蛙。

贝母于我，既茫远又切近。听得多，见得少，从前很少关心，即便偶有所见，亦咫尺天涯。至于花期，只约略记得在春天，却不太肯定，后讨教于朋友，又记起那年三月下乡，在一四合院里见过泡在水里的贝母花，遂对浙贝母“花期 3 ~ 4 月”的说法确信无疑。想着掐准了花期，去各地看各色贝母花开，亦不失为一桩美事。不过，看花是人的事，盛放是花的事。各色贝母花，各有各的单纯，各有各的美艳。

其实，大多数贝母花等不到凋谢就被摘除。和白术一样，为使泥土之下的鳞茎得到充分的营养，处于花期的贝母亦得摘花。不过，贝母不像白术那样，花儿未及盛放就被掐蕾，故三四月的暄风中、阳光下，得见大片的浅黄绿铺展于田间地头，充满生机与希望。摘贝母花亦有讲究，待三两朵开放时，选晴天露水干后采摘，连同顶端花梢一并摘除。选晴天采摘，约莫与白术一样，以免雨水入侵而感染细菌。只是，贝母没有白术那么扎人的叶片，摘花也算易事，可要将大片的贝母花采摘，想来也是辛劳的。平日里，虽也想在不同季节，于各式花瓶里插上应季的花儿，可真的面对它们绽放于枝头时，总也不忍下手。像这样可以卸了心上负担，名正言顺地摘花，真是叫人神往。贝母心思单纯，一心只做药材，其花也能止咳，想必所摘之花，亦会得到善待。

贝母的叶形，苏恭曰“似大蒜”，郭璞注《尔雅》言“白花，叶似韭”。可蒜苗也罢，韭叶也好，终究替代不了贝母叶，只是形状略有几分相似，给未见之人以想象罢了。亦有资料说“贝母二月生苗，茎细，青色。叶亦青，似荞麦叶”，小时似见过荞麦，却怎么也想不起荞麦叶长什么样，便只好借助贝母叶想象它的模样了。前年，在贵州，终于再见久违的荞麦，才发现其叶与贝母叶相差远矣。想象，有时难免离谱。

诸多药材，均以根茎为药，而地下根茎长得如贝母这般好看的，却并不多。其色白，模样清秀。浙贝母因其外形较川贝母大，故又称为大贝母，简称大贝。采挖后，大小分开，大者摘去心芽，分作两片，即呈元宝状，称元宝贝，小者称珠贝。这样的命名，爱惜之情可见一斑。而有一类川贝母，大小悬殊，大瓣紧抱小瓣，未抱部分呈新月形，习称“怀中抱月”，叫法优雅之极。

作为止咳良药，贝母属多年生草本植物，多为百合科，别名勤母、苦菜、苦花、空草、药实，始载于《神农本草经》。陶弘景曰：“形似聚贝子，故名贝母。”苏恭曰：“四月蒜熟时采之，良。若十月，苗枯，根亦不佳也。出润州、荆州、襄州者最佳，江南诸州亦有。”苏恭所指应是浙贝母，因主产于浙江而得名，江苏、安徽、湖南等地也有出产；川贝母，因主产于四川而得名，西藏、甘肃、新疆、青海、宁夏均有出产；土贝母是葫芦科多年生攀缘植物，故有人称其为假贝母，主要产于河北、陕西、山西等地。宋代诗人张载曾写过一首诗：“贝母阶前蔓百寻，双桐盘绕叶森森。刚强顾我蹉跎甚，时欲低柔惊寸心。”从首句看，其中所指应是土贝母。

一方水土养一方人，一方水土亦养一方贝母。无论是浙贝母、川贝母还是土贝母，皆性寒，味苦，但浙贝母擅长清火散结，川贝母更能止咳化痰，土贝母则擅消炎、抗病毒及抗肿瘤。它们各有各的长处，各承担各的使命。去年一场感冒，咳嗽不已，朋友送了贝母和枇杷叶，置于我办公室窗口，吩咐我煮了喝汤。贝母药性虽寒，然关切之情却一直暖到心底。

每年春天，贝母和延胡索一起，攻陷了大盘山脚的大片土地。春寒料峭之时，一片片从土里钻出的绿色，不是延胡索就是贝母。延胡索绿得青翠，贝母则绿得淡雅。我也是几年前才得以熟练地区分。一经认识，便多了几分亲近，每每踏青，见到延胡索与贝母，哪怕只是头年落下的种子长出的零星几棵，亦要驻足观赏一番。

立夏前后，田里大片的贝母枝叶日渐枯黄，呈现出颓败之势，而地底下的鳞茎早已悄悄成熟。晴天，人们手握短柄二齿耙，弓着背坐于田垄上，开始采挖。此时的药乡，田间地头，多是一个个缓缓移动的人头，在广袤无垠的土地上，他们有些渺小却又那么执着。忙完了采收，又开始炮制。他们将贝母置于擦笼内除去外皮，待鳞茎有一半左右脱皮，放入用贝壳煅烧而成的壳灰，继续擦皮，再倒出，置太阳下曝晒三四天，后装入麻袋，放置两三天，等水分渗到表面，再晒干。亦有置于擦笼内用生石灰去皮，再用石灰水浸泡的。多年的种植和劳作，药农们已积累起丰富的经验，贝母在他们眼里，亦如老友一般，被摸透了脾性。他们惯于用手指掐其表皮，以发出的声响判断，掐之有声则未熟，无声则熟。从种植到采收，药农们如此费心费力，亦不枉了贝母努力生长的一生。

据说，作为药材，川贝母、浙贝母和土贝母身价悬殊。不过，这又何妨？出身不论贵贱，有适合自己的土壤，能自然地生长，而后尽己所能，就是幸福的事。

半夏

半夏

再见半夏时，感觉那么遥远，遥远得像很久以前的一个梦。但是，只一会儿，便找回了熟悉的感觉。那一刻，我想起那句被很多人重复过的话：“世间所有的相遇都是久别重逢。”遇见半夏，恍如遇见我多年不见的发小，然而，它只是山野间的小草之一，而且，是我们曾经不敢轻易触碰的小草。

半夏，一个被很多人喜欢着的名字，自带一种文艺小清新。普通人喜欢，满腹才华的诗人、作家更是喜欢，以至于频频用于影视剧或小说主人公身上，叫一声，余韵悠长。想来，那些唤着主人公名字的人，未必都知道半夏也是田间地头的寻常植物。夏至有三候，半夏居其一：一候鹿角解，二候蝉始鸣，三候半夏生。

半夏真是夏至生长的吗？

颜师古《急就篇注》曰：“半夏，五月苗始生，居夏之半，故为名也。”所谓夏之半，应是芒种到夏至间的日子，约莫在六月中旬。然而半夏在农历二三月就生苗，所以这个解释并不能令人信服。《图经本草》记载 ：“半夏，生槐里川谷……二月生苗，一茎，茎端出三叶，浅绿色，颇似竹叶而光。”半夏，长三小叶，新生的叶片一大两小，一圆两尖，很是秀气。关于“三候半夏生”，《神农本草经》说：“半夏于夏历五月间采，及夏之半，故名半夏。”这个说法相对可信。

儿时，常出没于田间地头，多为采摘野果，有时也无聊地混迹于别人放牛的队伍中，每见半夏，便指点一番，旋即离开，不敢亲近。彼时，我们并不知晓它叫“半夏”，而是另一个听起来颇有些吓人的名字——“半哑”。据说人吃了会“半哑”，这是多么严重的后果。第一次被告知，只隐约记得是小伙伴中的一个，具体是谁，已全然忘却，但对于这经验颇丰之人的敬佩之心依然明晰如昨。行走于山野，总有人告诉我一些不知道的东西，每每让我这个糊涂虫羡慕、钦佩。家乡方言里，“半夏”“半哑”发音相似，也从来没有一个大人向我们说过它的真名，以至于很长一段时间里，半夏在我们眼里就是“半哑”。现在想来，他们这样也没什么错，大人们不过是以自己的方式告诫我们要对草木和大自然心存敬畏。

半夏确实全株有毒，最烈的是它的地下块茎。那些乳白色的圆疙瘩，表皮下面有着如山药般的黏液，若生吃，黏液会刺激得口腔与喉头生疼，引发水肿，严重的会窒息死亡，故半夏有别名 “三步跳”。这叫人想起可怕的“五步蛇”，抑或奇毒“含笑半步癫”之类，看名字，颇有毒性不出三五步就会发作的意思，想来应是为避免误食而故意起的骇人的名字。但我还是好奇，倒是听说过有人误食半夏，而那些被放养的牛羊，似乎从来没有。看来，它们比人聪明。

然而，我们终究还是知道了它的真名，只是敬畏之心并未因此有所减少。知道半夏，是因为半夏露，一款甜甜的带着隐隐药味的止咳糖浆，由半夏与桔梗、枇杷叶、款冬花等配伍熬制而成。多味中药里，半夏应是主角，所以才这么称呼的吧。如今总算明白，植物所谓的毒，并非真的有毒，实乃药物偏性而已，配伍或炮制后，便可入药。就像人世间，芸芸众生，性情必是不一，但卤水点豆腐，一物降一物，原本性情乖张之人，历经世事后或遇见能“降服”自己之人，内心自是柔软，也没了脾性。比如半夏，若遇生姜，所有的乖张便消失殆尽。

若为女子，半夏当是眉目清秀而无半分妖娆，身材匀称却又没有过分高挑，这样，才担得起半夏之美名。然而，作为植物，花期时的半夏，身形是极其高挑的，侧看如眼镜蛇一般，别说触碰，即便远观也还是有些吓人。其实这是佛焰花序，裹着花序的那片像披风一样的苞片，被叫作佛焰苞。有佛焰苞的并不止半夏，比如白鹤芋，买来时店家告诉我叫“一帆风顺”，那个外围白色如鼓胀的风帆的，就是完全打开的佛焰苞。正面看，似佛像背光，去庙里拜过佛的都知道，那里的佛像的确如此。这样想着，再见开花的半夏，便觉出几分慈悲来，不再害怕。

作为传统中药材，半夏的确是慈悲的，可化痰止呕，消痞散结。农历五月，半夏长成，挖其根，晒干便成了一味中药。不一样的炮制方法，成就了半夏不同的模样。姜半夏、法半夏、竹沥半夏、半夏曲、清半夏……它们那么相似，又各有所长。中医有一方“小柴胡汤”，是极有名的一剂治伤寒感冒的汤药，有一味就是半夏，其作用是降逆止呕。半夏生用亦可，比如外敷，能解毒消肿。听说走累了，脚上起了水泡，将晾干的半夏磨成粉，加水拌成药膏，涂在足部可缓解疲劳，也能消除水泡。从前，有人专门上门收购半夏，“半夏嘞——知了壳”，这样的吆喝曾飘荡于小巷上空，经久不散，如今已被 “冰箱、空调、洗衣机”替代，不再动听，了无趣味。

宋时诗人陈亚写过《登湖州销暑楼》，其中有“风月前湖近，轩窗半夏凉”，清新惬意，悠闲自在。据说，辛弃疾新婚之后，便赴前线抗金杀敌。疆场夜静闲余，用药名给妻子写了一首《满庭芳·静夜思》，中有“惊过半夏，凉透薄荷裳”。这凉，是浸染了思念的凄凉。更为果决的当数明代冯梦龙，“你果是半夏当归也，我情愿对着天南星彻夜地等”，虽然写的是妻子对远出在外的丈夫误解自己的怨恨和真诚的思念，然而作者的一腔真情仍清晰可见。写这首《桂枝儿》时，冯梦龙正热恋一个叫侯慧卿的女子。

半夏名字动听，入诗则情伤蚀骨。不得不感叹，世间种种，缺憾也是一种痛心的美。

白术

白术

若一定要以样貌论，白术是真不出众。地面上，也就是一畦畦最普通的绿色；地底下，长出的根茎表面灰黄或灰棕，有瘤状突起，还有断断续续的纵皱和沟纹，亦不好看。好不容易即将迎来自己最美的时刻，却被摘去一个个花蕾，以免开花结籽消耗大量养分，只为让地底下的根茎更好地生长。

这让我想起女子的头发来。有人说，头发不宜过长，否则会吸收大量营养，影响健康。且不论这说法是否科学，起码女子有权自己决定头发的去留，而白术不能。除却留种的白术，每株保留五六个花蕾外，少有白术能等到自己花开，就像一个人在最好的年华，被夺去最美的容颜。如今，听说已有专业的抑制花蕾生长的农药。对此，不知白术是喜是悲。

摘蕾，看似简单，实则有讲究。小花散开、花苞外的鳞片略呈黄色时，花蕾茎秆较脆，容易摘落，此时最佳。过早，植株幼嫩，会生长不良；过迟，则消耗养分太多。还须避开雨天，不然雨水侵入伤口，会引发病害或腐烂。许是因为生长快慢不一，摘蕾一般于一个月内分两三次完成。如此，即便有漏网之蕾，亦终被摘了去。

从前，七八月间，人们会搬个小凳子，于种了白术的田间地头，坐着摘蕾。这比从地里挖延胡索或贝母也许要好些，毕竟无须弯腰。只是，白术有着扎人的叶片，需戴了手套采摘。也有不怕刺的，直接用手摘，每每看着，叫人既担心又佩服。在我看来，这一手捏茎秆一手摘蕾的活儿，如采茶一般，也算细致，记忆中亦多由女子完成。偶见男子参与其中，就像瞧见那些在溪里浣衣的男子一般，我总不免多看几眼，心里似有一丝别扭。可见，骨子里实在传统得有些过分。

对于这些摘下的花蕾，人们做何处置，我已全然忘却，问了父亲，说是煮熟了喂猪。若真如此，也算是物尽其用了。如今，不知好吃的人们，对于白术花蕾，是否发明出什么新吃法。但对于白术留下的种子，倒还有印象。白术花盛开后，会慢慢凋零结成果子，果子里满是种子，似袖珍型的葵花籽，顶端有一层绒毛，越成熟绒毛越干。我们小时常常摘了当蒲公英一样地玩，或吹一口气，或用小手轻轻一捋，看绒毛从眼前慢慢散开，飞去……

立冬前后，白术的茎秆由绿色转为枯黄，叶片日渐硬化、易折断时，选择晴天便可开挖。依稀记得爷爷他们有时用手连蔸拔，有时用铁锹或锄头挖。宋代梅尧臣写过一首《采白术》："吴山雾露清，群草多秀发。白术结灵根，持锄采秋月。归来濯寒涧，香气流不歇。夜火煮石泉，朝烟遍岩窟。千岁扶玉颜，终年固玄发。曾非首阳人，敢慕食薇蕨。"赞白术为"灵根"，实在妥帖。

白术，别名有桴蓟、杨桴、山蓟、杨枹蓟、山芥等。人们也根据生药的形状取名，如鹤形术、金线术、白术腿，颇为形象；按出土季节取名，如冬术；按产地取名，如徽术、浙术、吴术。传统认为临安区於潜镇所产白术质量最为上乘，称为"於术"。白术，味苦，甘，性温。健脾益气，燥湿利水，止汗，安胎。《本草纲目》记载："白术可治风寒湿痹，颈强直，背反张，止汗除热消食。”《神农本草经》记载：“术，味苦温。主风寒湿痹死肌，痉疸，止汗，除热，消食，作煎饵。久服轻身延年，不饥。”

对于白术的种种好处，想必母亲是颇为清楚的。不然，她何以那么热衷于亲自熬制白术膏呢。将洗净、晒干、切好片的白术放入锅中，用沸水煮透，捞出白术片，加入红糖，慢慢熬制。那时，我压根不懂白术多有益处，只巴望着什么时候才能尝到那一口清香浓稠、甜而不腻的白术膏。

林洪的《山家清供》有一则《神仙富贵饼》，将白术同石菖蒲在水里煮沸，晒干研末，再与干山药粉剂、白面、炼蜜等混合后做成饼，晒干后收起，客人来了蒸着吃，亦可做羹。和《山家清供》里其他菜肴清雅的名称相比，这“神仙富贵饼”的叫法着实俗了些，只因章简公有诗云：“术荐神仙饼，菖蒲富贵花。”《神仙传》里说，汉武帝外出巡狩，遇一老者，自称已经一百八十岁，能日行三百里，皆因自己练习辟谷，不吃粮食，只吃白术，饮水。章简公约莫是受了《神仙传》的影响吧，不过，白术在人们心目中的药效倒于传说中可见一斑。

白术炮制方法众多。我最心仪的，当数烘焙法。爷爷在走廊一角用砖块垒成一个土灶（父亲称之为“仓”），将白术一层层码好，放入“仓”内，用火烧着，将白术慢慢烘干。这活儿，爷爷他们说是“冲（去声）白术”，该是用热气熏的意思吧。每次“冲白术”，爷爷总会往灶膛里丢几块番薯，我们几个小馋猫便坐在温暖的仓边等待，只为那一口外焦里嫩的香甜软糯。“冲白术”其实是烦琐的，“先用80度的文火反复烘焙，五小时左右翻动一遍，使细根脱落干净；再以70度左右的温度烘至八成干，取出并堆放于平地数天，使内部水分充分蒸发，表皮软化；最后用60度左右的低温文火持续烘焙，出药香，备药用”，“除去须根，用柴火或木炭炕三天三夜，应注意火不要太大，炕干后用篾荡子两人抬着互撞，撞到外皮逐渐光淌即成”。如今，读到这样的文字，才觉当年少不更事，只知烤番薯有多香甜，不知爷爷劳动的艰辛。彼时，为掌控火候，他们常常只能轮流打个盹。即便放在储存间，亦得常以烈日晒之。世间，真没有容易之事。

白术长得虽不出众，可这并不影响它拥有精致的一生。性喜凉爽，耐寒，怕高温多湿，以海拔千米左右的高山种植更为适宜；一年播种育苗，旱时需两年，来年立春前育苗栽种，除分次摘花蕾，还需及时清沟排水，采收后得及时加工；忌连作，不能与青菜、玄参、花生、番薯、烟草等作物轮作，药用时，忌桃、李、菘菜、雀肉、青鱼。如此，竟觉出它的喜好分明与一丝清高，亦叫人生出几分敬佩来。

从种子到成药，白术的近乎苛刻，成就了最好的自己。

覆盆子

覆盆子

无数的覆盆子，被摊在晾晒场上，它们已失去刚摘下时的青绿，日渐发干，颜色也越来越暗淡。晾干后，它们将被装袋，作为药材出售。听说，覆盆子若颜色变红，果实不再青涩紧实，就做不成药材了。那年隔壁的同事告诉我，她母亲摘了许多覆盆子，卖了许多钱，我才知道，覆盆子是药材。

那么多的覆盆子，如果留在枝上自然熟，在那个零食有限的年代，能换得多少孩子的欣喜若狂？作为承载童年味道的野果，想着它们还未成熟便被采摘，总也忍不住地惋惜。

年少时节，不知有多少辰光，我和伙伴们在山野地头兜兜转转，只为寻找一枚枚红果果。我们不会错过任何时机，也不会轻易放过任何一处有可能长着悬钩子的地方。那清新的酸甜，分明就是少年的滋味。

覆盆子，悬钩子的一种。如果没有悬钩子，我的儿时生活，会寡淡许多。

当然，我知道不管它们有着怎样的称呼，统统属于悬钩子，也只是近些年的事。从前，我们管蓬蘽叫红 yo，管山莓叫公 yo，管覆盆子叫牛奶 yo，这个 yo，一律去声，就这么简单干脆。都说五里不同风，十里不同俗，对于各类悬钩子的叫法，实在是五花八门，别说五里十里，即便是隔壁村，就可能有不一样的叫法。但这并不妨碍我们无数次用各自的语言，呼唤它们如昵称般的小名，欢脱地吃着它们的果实。

众多悬钩子里，覆盆子的模样跟山莓接近，但个头比山莓大出许多，且带了长长的梗，因为覆盆子的花也带了长长的梗，如垂丝海棠一般。这样说来，山莓花便如贴梗海棠。当然，覆盆子开的是白花，山莓和蓬蘽也开白花，只是蓬蘽花比山莓花大，又朝上，果子也朝上，而山莓花和覆盆子花都朝下，果子也朝下。三月始，蓬蘽、山莓、覆盆子，相继开花。掌叶覆盆子开花的时候，那一朵朵白花摇曳于长着手掌般叶片的枝干上，看着恍如鸽子树。

要摘到成熟的覆盆子，还真是奢侈的事。蓬蘽多长于路边与地头，最易采摘；山莓比蓬蘽高大、多刺，果子成熟只比蓬蘽晚那么一点，山脚地头也算常见，并不难摘到；可覆盆子就高大许多，又多长在更高处，我本就极少上山，去早了还没熟，去晚了早已落入他人口腹，很难恰巧碰到。在我看来，只有那些连果芯都化透了，吃起来极为鲜甜又略带一丝酸味的覆盆子，才算真正成熟，这便难上加难。成熟的覆盆子，于我就是儿时的诗和远方。

我们眼里的野果，在有些国家是以水果的身份出现的，若用一堆专业术语描述其营养，比如维生素A、维生素C、钙、钾、镁、蛋白质以及大量纤维等，简直令人咋舌，故覆盆子有“黄金水果”的美誉。也难怪，拿它制果酱者有之，泡酒者有之，制成覆盆子巧克力蛋糕、覆盆子补血汤、覆盆子奶冻者皆有之，人们变着法儿地吃。

如今，越来越多的覆盆子被移栽到田间地头，过上了被“圈养”的日子。然而，每每果子成熟，也正是那可厌的马陆横行之时，摘覆盆子于我依然是奢侈的事。别人采摘的时候，我便坐在车上呆呆地看，看这些曾经野生的覆盆子，长得越来越高大，茎秆也愈发肥硕，野气一点点消失。那天上山，山路蜿蜒而上，又见两边大大小小的地里，栽满幼嫩的覆盆子，约莫半人高，没有叶片，只有布满硬刺的茎秆，茎秆的浅绿在那层白釉的背后若隐若现。这些愣头青，也很快会在养尊处优的环境中变成另一个自己。时间和环境，总会产生一些东西，同时也磨灭掉一些东西。

从前住的阁楼上，曾开辟出两块地来，隔壁老郑夫妇从野外挖了蓬蘽和覆盆子，给我们种上。分明是野果，却长在自家地里，可不急不慌，慢慢等它成熟，从容而满足。只是，要吃到成熟的果子，虽不必跨山沟，越坟头，但依然很不容易。那些鸟儿都长了火眼金睛，它们从不放过熟透的果子，若不采取措施，比如给覆盆子盖上网纱，人是很难赢得过它们的。后来，我们搬走了，不知阁楼上的覆盆子是否还在。

覆盆子，也是鲁迅记忆中的美味。《从百草园到三味书屋》里这样写道："如果不怕刺，还可以摘到覆盆子，像小珊瑚珠攒成的小球，又酸又甜，色味都比桑葚要好得远。"从前没多想，但在分清了蓬蘽和覆盆子之后，我总疑心他所说的应该是蓬蘽，毕竟蓬蘽也有刺，而覆盆子自然生长于房前屋后的概率在我看来实在是很小的。后来又读到一些文章，发现跟我想得一样的不止一个，便愈发觉得自己所想颇有道理。然而，不管是蓬蘽还是覆盆子，色味确实都比桑葚好出许多。而鲁迅这个曼妙的比喻，每读一遍，总叫人脑补出一粒粒鲜红晶亮的“小珊瑚珠”来，亦叫人止不住地舌底生津。

覆盆子别名不少，比如悬钩子、覆盆莓，而覆盆子的叫法是怎么来的呢？我曾百思不得其解。有人说，覆盆子因果实朝下生长，像一只盆子倒扣着红果，故名；也有人说，覆盆子之覆盆一词来自古典本草书籍，取吃了覆盆子，能“益肾缩小便，服之当覆其溺器”之意。然“覆其溺器”既可解为小便强劲到打翻尿盆，亦可解为不必总是起夜，可以把尿盆覆上不用。这些说法见仁见智，但覆盆子可益肾固精倒是真的。《本草纲目》也有关于覆盆子“气味甘，平，无毒，益肾固精、缩尿壮阳”的记载，故民间又称之为“壮阳果”。其实，覆盆子的茎也可固精补肾，且明目；其根则是畲族习用药材，叫“搁公扭根”，具祛风止痛、明目退翳、和胃止呕之功效。也许，这正是近年来覆盆子无论作为水果还是药材，身价均居高不下的原因。

我曾看到有人将覆盆子入画，看起来有清雅之感。更有人别出心裁，将覆盆子的果实刻成印章。这多好，念起时，盖它一枚印章，好比想一个人了，就写一遍他的名字。

凤仙

鳳仙

凤仙这个名字，淳朴，亲切，仿若邻家姑姑或婶婶，但我从未用它称呼过我家后门那片指甲花。我的同伴、我母亲以及同伴的母亲，也从来都只叫它们指甲花。

许多人认识它，只因它可用来染指甲。有人说，有过童年的人都用它染过指甲。这样说来，我似乎是没有童年的。记忆中，我的确从未用它染过指甲。只是，一个人怎么可能没有童年呢？而且，每每忆起童年，对指甲花那种悠长怀旧的情感，就无处可藏地跳将出来。指甲花，于我的童年，有实实在在的陪伴。

母亲爱花。那些年，我家后门总是种满了指甲花。儿时的乡村，别人家的房前屋后，也总有它的身影。茎秆挺拔，于枝丫间开花，或黄或白，或红或紫，或碧或杂色。重瓣的，花叶茂盛时，像极了桌角那个鸡毛掸子。自夏初至秋尽，指甲花边开边谢，也算给雷同的日子、平淡的生活增色不少。每每花开，总有人一把一把地采，加入明矾，捣碎成泥，糊于指甲上，再用指甲花叶或向日葵叶包裹，扎紧。一夜过后，指甲就会变色，是红中带点黄的芬达色。我也曾采了将它捣碎玩过，但未曾染过指甲。我总在想，若不小心染到指头上，那是好看还是难看呢？我家不缺明矾，而我从未染过指甲，许是有洁癖的母亲怕烦，又许是母亲没有摘花的习惯，或者，我并不那么爱美 。

儿时，并不觉得有多遗憾。直到读到元代女词人陆琇卿的描述：“曲阑凤子花开后，捣入金盆瘦。银甲暂教除，染上春纤，一夜红深透。”这样的文字，真是让人动心，也带着深深的诱惑。读着读着，便很想染一回指甲，尽管我并未生就一双纤纤玉手。

染甲之事，古已有之。唐朝那位写“故国三千里，深宫二十年。一声何满子，双泪落君前”的张祜，还写过一首《听筝》，其中有两句：“十指纤纤玉笋红，雁行斜过翠云中。”这玉笋红即是说指尖红色。他在另一首《觱篥》里又说“一管妙清商，纤红玉指长”。张祜好像特别迷恋手指，但这纤纤玉指的红色是用什么染的呢？他没说。也许他觉得这是常识，而常识是无须说明的。不过，李贺《宫娃歌》第一句就是：“蜡光高悬照纱空，花房夜捣红守宫。”夜捣红花，对烛染甲，画面极美。比起张祜，算是明了许多。如今多是美甲，染指甲的倒是少了。可惜，美甲听起来并无美感，远不如染指甲生动，可爱。美甲可速成，染指甲属自然彩妆，自然的，自然珍贵。

宋代周密著有《癸辛杂识》，既然是杂识，就不是诗，却比诗明白许多：“凤仙花红者用叶捣碎，入明矾少许在内，先洗净指甲，然后以此敷甲上，用片帛缠定过夜。初染色淡，连染三五次，色若胭脂，洗涤不去，可经旬，直至退甲，方渐去之。”佩服古人的言简意赅。周密说用帛片包手指，今人多用叶子，两者我都是喜欢的。此法相沿成习，传至今日。往后的各种记载，凤仙花就和指甲扯在了一起，再脱不了干系，以至于儿时我们干脆直接就叫它指甲花。明杨维桢《二十咏·染甲》写凤仙花："夜捣守宫金凤蕊，十尖尽换红鸦嘴。"读之，忍不住扑哧笑出声来。庭前屋后，凤仙一开，染指甲就成了一桩迫不及待的女儿之事。

凤仙花期长，早的五月始开，故有些地方染甲亦从五月开始，渐成端午习俗之一，并冠之以"端午染指、避邪驱魔"的说法。也有一些地方，将它与七夕相连，说那天染指甲可使手指灵巧，不抽筋，表达一种美好的寓意。各地风俗不一，说法各异，做法亦有不同，比如小女孩十指均染，年轻女子和少妇染无名指和小指。我想，在我捣指甲花瓣时，我的指甲多少也沾染过汁液的，双手始终没有变色，只因少了明矾吧。

对于指甲花，我更感兴趣的是它小纺锤般的蒴果。原本青色的蒴果渐渐转黄，它们成了我的目标。我用手轻轻一掐，看外壳爆裂后卷成一团，种子弹出，乐此不疲。彼时，未曾想过，那些原本成熟后自动炸裂的种子，就这样被我的轻轻一掐改变了命运。梭罗在《种子的信仰》里有一段写金缕梅和凤仙花的，说金缕梅的蒴果簇生精巧、造型奇特，有坚硬如石的果壳，他将它们置于房内。三天后的夜里，忽听房内噼啪作响，第二天就见一地的种子，原来是金缕梅蒴果迸裂了。然后他写凤仙花："凤仙花种子只轻轻一碰，就会类似手枪持续射发，爆发突兀有力，尽管事先有备，心里多少还有点发怵。有一次，我拿着凤仙花种子回家，种子甚至在我的帽里亦噼啪炸开。"想必，儿时，凤仙种子也在我的口袋里噼啪作响过，只是，那时的我静不下心来听罢了。

《本草纲目》曰："女人采其花及叶包染指甲。"作为医家的李时珍，定然不会无缘无故在医书里写一个天然植物指甲油。着实，凤仙花的根、茎、叶、花、果、种子都可入药，且部位不同，功效有异。凤仙可祛风活血，消肿止痛；可治关节风湿痛，跌打损伤。凤仙花茎粗肥，湖南人用来腌"臭咸菜"，估计类似吾乡玉山一带的腌苦麻秆。染指甲，色泽艳丽者为佳，但说起药效，恐怕白凤仙更好。乡间女人就有专挑开白花的凤仙，连根拔起，切碎了，包进纱布，敷在膝盖上，用手捶打的。对此，诗人车前子曾有过一段令人难忘的描写："黑丝绒的裤管在大腿上部摇晃。松弛的、雪白的小腿肚，由于手在膝盖上捶打的缘故，悠悠又细细地颤动。仿佛藻类或者纱在活水中漂摆。又像一只只装满粮食的布袋，粮食一天天地少下去，布袋的上部开始萎瘪，自然地垂垮下来。她们说笑着。年轻时候，一定是出色的女子，文静、优雅、有教养，几十年的人生经历，在她们捶打着膝盖的时候，显露了出来。而凤仙根与茎的汁液，顺着小腿肚往下挂，弄湿了拖鞋。天井里满是凤仙的清香和叶片。"

从此，每提及凤仙，又多了一个画面，那么生动，想忘都忘不了。

李时珍曰："其花头翅尾足，俱翘翘然如凤状，故以名之……宋光宗李后讳凤，宫中呼为好女儿花。"比起凤仙，我更喜"好女儿花"的称呼，女儿花就已足够美，加个"好"字，美上加美，世间谁不喜个"好"字呢。

桂花

桂花有个好听的名字，叫“木樨”。然而“木犀”才是桂花的正名。清人顾张思在《土风录》中曾记载：“浙人呼岩桂曰木犀，以木纹理如犀也。”“木犀”这个名字，听起来有些陌生，远不如桂花流传久远，而其中所提之岩桂，亦为桂之别名，取野生桂花多生于山岩间之意。后有人在“犀”旁加了“木”，这才有了“木樨”的叫法。几个名字当中，最喜“木樨”，从“木犀”到“木樨”，自然气息更丰盈，亦更灵动。

“秋花之香者，莫能如桂，树乃月中之树，香亦天上之香也。”喜欢李渔，不只是因为《闲情偶寄》，还有他的包容。世上之花，总有人喜有人厌，可李渔似乎并不苛求，别说桂花，即便是因攀附而生便被许多人小瞧的凌霄，他也赞美有加。不过，桂花着实是无可挑剔的，至今并未听说有谁不喜桂花的，想必大家是被它远近皆宜的香气所俘虏。南宋大词人辛弃疾有《清平乐》词曰：“大都一点宫黄，人间直恁芬芳。怕是九天风露，染教世界都香。”稼轩先生很是好奇，为什么桂花只有那么一点点大，却那么香呢？难道是来自天上的风露，让整个世界都香起来了吗？我也一样好奇，桂花何以如此馨香？

桂花又着实是小的，但小小的桂花，亦颇值得一观。含苞时，如一粒粒粟米，藏于如云的碧叶间，花苞打开，花瓣肥厚可爱，或乳白，或淡黄，或橙黄，南宋诗人范成大称之为“纤纤绿裹排金粟，何处能容九里香”——桂花亦称“金粟”。桂花盛放之时，满树满枝，一片金黄，恰是应了大儒朱熹所形容的“叶密千层绿，花开万点黄”。

无桂不秋。在江南，若要选最能代表秋天的植物，我以为排在第一的，当数桂花。“桂”音同“贵”，有富贵、美好之意，桂枝往往寓意着出类拔萃，“蟾宫折桂”便是用来形容金榜题名、仕途得志的。若于房前屋后种上桂花，既能闻香，又取个吉祥意，多好。

因为桂花，农历八月也有了一个好听的名字，叫“桂月”，此时桂花呈现出最好的样子。八月里，空气都是香甜的，以至于我们常常忍不住贪婪地深吸一口气。传说中被天帝惩罚在月宫中伐桂的吴刚，便成了中国版的西西弗斯，而月中的桂树，飘出云外的香气，自然成了“月桂”与“天香”。桂花最让人津津乐道的，应是其独特的香气了吧。听说，品种不一，其香也有异。金桂最香，丹桂次之，银桂、四季桂又次之，而我总觉得除却四季桂，都极香，四季桂之所以香气略淡，只因开得疏朗而已。清人高士奇在《北墅抱瓮录》中有一段话：“凡花之香者，或清或浓，不能两兼，唯桂花清可涤尘，浓可透远，一丛开花，邻墙别院，莫不闻之。”这是我读过的对桂香最为帖切的描述。北宋诗人邓肃对桂香的赞誉则十分霸气：“清芬一日来天阙，世上龙涎不敢香。”据传，龙涎为世间最香之物，但在桂香面前，竟也不敢逞强。只是，在我眼里，桂花更像浅淡温柔的女子，散发着悠悠暖暖的香气，于无声的冷露和秋雨中，给人以慰藉。

桂花之所以受青睐，除却其香气迷人，可入药亦可入馔也是主要缘由。其花、果实和根均可入药。桂花的辛香能驱寒暖身，唤醒脾胃，化痰止咳。如此，桂花更受女子青睐，尤其是体寒、湿气重的女孩子，秋日里，于红茶中加入桂花，可温中散寒。明代高濂所著的《遵生八笺》里记载了一个驱寒的方子，叫“桂花汤”，用桂花搭配少许姜和甘草，书中甚至说“可治一切冷气”。为此，我重翻了《养小录》《随园食单》《山家清供》《食宪鸿秘》，倒是有提到《遵生八笺》，却少有关于桂花的记录，不知为何。

但这并不影响桂花吃食品种之繁多，桂花酒、桂花茶、桂花糖藕、桂花酒酿丸子……西子湖畔的白糖桂花藕粉实在好吃，最简单的一碗藕粉，撒一小把桂花，瞬间有了灵魂，飘荡出香气来。听说，有人在酿葡萄酒时，以桂花围塞，酒成之际，桂香袅袅，直似天品。我没喝过带桂香的葡萄酒，倒是闻过桂花酿成的酒，虽酒香浓烈，但依然难掩淡淡桂香。大学时代的早餐，除了馒头夹油条，买得最多的是糯米方糕，现在想来，多半是受上面那层桂花的诱惑。最为普遍的当数桂花糕，“桂花糕哎，又香又甜的桂花糕”的吆喝，是江南小镇特有的软糯甜美。然而，桂花本身并不甜美。《本草纲目拾遗》记载：“桂花，味辛，性温。”我嚼过新鲜的桂花，微辣，略苦。为此，我曾有些失望，人到中年，才渐渐明白，若无苦辛，煮成的桂花汤又何以抵挡秋后日渐深浓的寒凉？

作为药膳食材的桂花，当然是新鲜的好。落于地上的桂花，香气约莫是散尽了的，又不干净，自然不相宜。收集桂花，最省事的办法似乎就是摇桂花树。想起琦君《故乡的桂花雨》中写道：“我可乐了，帮着在桂花树下铺篾簟，帮着抱桂花树使劲地摇，桂花纷纷落下来，落得我们满头满身，我就喊：‘啊！真像下雨，好香的雨啊！’”而后，母亲撮一撮桂花供佛，父亲点上檀香，随口吟诗……满满的回忆里，香甜的又岂止是桂花呢。

不被摇落的桂花，终究也是要谢的。秋天里，有两场盛大的花雨，栾树花在前，桂花在后，有时它们也相约而落。桂花和栾树花一样开得密，又都细小，落于一处时，只有细瞧，才能发现其中有带了胭脂红的栾花。在我生活的小城，这样的情形似乎并不多见，一树树桂花开得极盛时，栾花已尽，栾树果也从明艳的红色里淡出。“花气熏人欲破禅，心情其实过中年。”过了中年，面对熏人的花香，就该波澜不惊了吗？人到中年，该经历的，不该经历的，许是都经历了；该痛的，不该痛的，许是都痛了，花开花谢，便觉寻常。然而，正因经历过，痛过，那颗心才会愈发柔软。再说了，面对亦清亦浓的桂香，谁又能心如止水呢？

“弹压西风擅众芳，十分秋色为君忙。”桂树似乎越种越多，花亦开得愈发热闹，人倒愈发喜欢起清静来，喜欢“人闲桂花落”的那种静。松尾芭蕉有一首俳句：“秋日黄昏，一只鸟，栖息于枯枝。”让我想起四季桂的花，是淡极的黄，细细柔柔的，又开于叶腋，疏朗得很，与那热烈的丹桂、金桂相比，颇有侘寂的意味。

人生苦短，别再疏离于纤细的美好，多与那些仔细看过桂叶长相，能说出桂花有几瓣，愿意把桂花叫作木樨的人交谈，让眼神重新纯净起来，让一朵桂花来拯救我们慢慢淡漠的心，然后，“一枝淡贮书窗下，人与花心各自香”。

构树

葎

每每看到构树，我总想起那些不挑吃、不挑穿，即便遭到打骂也能很快自愈的孩子来。许是因为我所见到的构树，多长于极不起眼之地，比如河堤边的石缝里、马路边的墙缝中、行道树之外的杂草丛旁。

作为最草根的乡土植物之一，构树对生长环境的要求简直低到了尘埃里，干旱、瘠薄，水边、路边，烟尘、雾霾，酸性土、中性土，全都不介意。

然而，这样的构树，竟从古老的《诗经》走来。《诗经·小雅·鹤鸣》曰："鹤鸣于九皋，声闻于天；鱼在于渚，或潜在渊。乐彼之园，爰有树檀；其下维榖。他山之石，可以攻玉。"《诗经·小雅·黄鸟》又曰："黄鸟黄鸟，无集于榖，无啄我粟。"

"榖"，就是构树。《说文》曰："榖，楮也。"陆玑《毛诗草木鸟兽虫鱼疏》曰："幽州人谓之榖桑，荆扬人谓之榖，中州人谓之楮。"因此，构树的果实也叫楮实。

构树之名"构"，得之于唐代的笔记小说《酉阳杂俎》："叶有瓣曰楮，无曰构。"李时珍解释说，在旧时的楚地，俗称乳汁为"榖"。而构树的枝条折断，会流出白色的乳汁，所以被称作榖树。吴其濬在《植物名实图考》中说："榖构一声之转，楚人谓乳谷亦读如构也。"

正对着办公室门口的马路边，是一堵高大的墙体，底下五六米由大块的石头砌成，石头缝里生长着似乎数不清的构树，不知它们从哪里汲取了什么营养，从一个个嫩芽，疯长成一根根日渐粗壮的枝条，且一天比一天旁逸斜出，仿佛努力伸展的四肢，最终在夏日里形成一片绿荫。站于二楼的走廊，我们恰好可以平视它们。办公之余，我便常常站在走廊上，看它们在阳光下微笑，在微风中摇曳。这样的生长姿势，跟河堤边石缝里的构树多么相似，只是，一个将身影斜射在路面，一个斜射在水面。

它们努力伸出枝丫，一边微笑一边摇曳的样子，竟让我想起芭蕾的舞姿。这些构树，就是路边或水边的芭蕾舞者，它们的身姿是那样轻盈，笑容是那样自然。跳芭蕾时，舞者看起来毫不费力，其实绷紧了身体的每一块肌肉。也许很多人都想不到，曼妙舞姿的背后，却是极为粗大而丑陋的关节。构树，跟那些舞者一样，咬着牙，在幕后用尽力量，久下苦功，熬过艰难岁月，有着不为人知的奋斗历程，才可以看起来长得那么自在、毫不费力。构树怀揣着隐秘的梦想，默默艰辛地努力生长，那些在石头缝里的根，就是它们粗大而丑陋的关节，只是，它们极少将自己的伤痕与不堪示人罢了。

构树的叶子是真好看，若有一个干净的背景，再投上构树叶，尤其是有深裂的叶片的影子，那真是难言的别致，称之为剪纸艺术也不为过。构树苗，其叶多三裂或五裂，不规则；成年后，枝繁叶茂，才将叶片长成全缘。前者为躲避昆虫，后者为接收更多的阳光。当然，同时拥有两款叶片，对构树来说亦是常事。

这样智慧的构树，又似乎本该从《诗经》走来。然而，从《诗经》里走来的构树，还是惹上了官司，关于《诗经·小雅·鹤鸣》，《毛传》曰：“榖，恶木也。”清人陈奂《毛诗传疏》谓：“诗全篇皆兴也，鹤、鱼、檀、石，皆以喻贤人。”有人认为，唯独不提榖，故榖应是“恶木”，更何况，檀，正名青檀，坚硬细腻，是制作车舆、乐器的上等木料，颇有与榖形成对比的意思。

而《诗经·小雅·黄鸟》中，“无集于榖”与“无集于桑”“无集于栩”相对应，榖之为木，与桑树、栩树相类，哪来的贬义？汉郑玄《毛诗传笺》谓本诗乃是“教宣王求贤人之未仕者”，怎能因不提榖，就认定榖是恶木呢？

由此还引发一个传说。商朝的第九任君主太戊贪图享乐，相国伊陟看着揪心，但也深知主子不易听劝。忽然一天，都城的朝堂之中长了一棵大树，只用了七天七夜，就无比粗壮。难道是天降异象？商王听了许多臣子的议论，心里害怕，就问伊陟：“相国你怎么看？”伊陟借机答曰：“这树是‘桑榖’，是恶树！七天就长那么大，是妖孽啊！我的王！但自古再厉害的妖怪也要臣服于有品德的明君，所以只要您好好治理国家，就没什么好怕的！”太戊倒是改邪归正，成了一代明君，构树却因此背上了黑锅。欲加之罪，何患无辞。

众说纷纭，构自无言。

每到盛夏，雷雨过后，构树就挂满了殷红的小果子，长相极似杨梅，鲜嫩欲滴。李时珍《本草纲目》载：“结实如杨梅，半熟时水澡去子，蜜煎作果食。”故构树有别名——

假杨梅。八月，我在贵阳注意到构树，就是因为街上掉落一地的果子。构树叶阔肉厚，“其叶初生可以为茹”，饥荒的年月，人们煮构树叶吃。当然，构树叶也是很好的猪饲料，富含蛋白质、维生素、氨基酸、碳水化合物以及微量元素，将它发酵，能保留营养成分，据说适口性好，猪喜吃，吃后贪睡、肯长。不知吃了构树叶的人，是否也贪睡、肯长？肯长就算了，若能贪睡，倒能免除众多失眠者的烦恼。在黄淮流域，也有将构树的雄花摘下，择洗干净，拌上面粉，上大火蒸，撒上盐和芝麻油或辣椒油的。想来应是美味。

不起眼的构树曾改变世界历史的进程。公元105年，蔡伦发明造纸术的时候，构树皮是原材料之一。即使在一千九百多年后的今天，它仍然是传统造纸的主要原料。构树叶背面有一层绒毛，古人曾拿它当洗碗布。我曾抚摸过一片构树叶，感觉质地跟它的生长环境一样粗糙，然而，这样的构树，其果实是很好的中药，能补肾清肝、明目利尿，在《名医别录》中列位上品。其乳液、根皮、树皮、叶及种子也可入药。

构树还有别名楮桃、构乳树、沙纸树、谷浆树，每一个都朴实而中肯。

八月的最后一天，忽然发现办公室前那片构树消失殆尽，再细看，墙缝里隐隐的还有一些棕褐色的根。九月将尽，石缝间又已经绿意盈盈，那是构树秀气的小苗。

骨碎补

骨碎補

草木青葱的叶子总是诱人的，尤其是霜降过后，在一个多卖根茎、果实或干枝枯叶的药材市场，骨碎补却以完整的、活生生的模样，出现在那些药农的篮子里。当然，彼时，我并不知道它叫骨碎补，药农一开始也没告诉我，而是说了一个让我一时半会儿反应不过来的名字。大概是读到了我脸上极其明显的疑惑，他们才纷纷说，这种东西也叫骨碎补，就是骨头碎了它可以修补。然后，这个朴实、直白又神奇到叫人感动的名字，从此便深入我心，再也无法抹去。

后来查了资料，才明白那个让我一下子反应不过来的名字，不是崖姜就是岩姜，方言里，它们的发音几乎没有区别。骨碎补的别名还有岩连姜、爬岩姜、肉碎补、石碎补、飞天鼠等。骨碎补始载于《本草纲目拾遗》，其中记载了它的命名缘由："本名猴姜，开元皇帝以其主伤折，补骨碎，故命此名。"《本草图经》曰："骨碎补生江南，今淮、浙、陕西、夔、路州郡亦有之。根生大木或石上，多在背阴处，引根成条，上有黄毛及短叶附之，又有大叶成枝，面青绿色，有黄点；背青白色，有赤紫点，春生叶，至冬干黄，无花实，唯根入药。"

初见骨碎补，发现那青绿可爱的枝叶下铺满浅褐色的枯叶。这些枯叶并非简单地覆盖其上，而是紧紧附着于骨碎补的根须之上，成为其不可分割的部分，也成了骨碎补完美的底色。其实，骨碎补是附生蕨类植物，多长在树皮或崖壁之上，修长而横走的根茎，密被蓬松的鳞片，仿佛一条狗尾巴。尾巴上才是那可爱的蕨类植物。《本草衍义》曰："此物苗每一大叶两边，小叶槎牙，两两相对，叶长有尖瓣。"李时珍曰："其根扁长，略似姜形。其叶有桠缺，颇似贯众叶。"

若置于野外，骨碎补应是毫不起眼的，然而，除却坚骨，它还可补肾，活血，止血。可治肾虚久泻及腰痛，风湿痹痛，齿痛耳鸣等，对生发亦有明显功效。关于其补骨碎的功能，《本草新编》说："骨碎补，味苦，气温，无毒。入骨，用之以补接伤碎最神。"《本草图经》曰："骨碎补，入妇人血气药。蜀人治闪折筋骨伤损，取根捣筛，煮黄米粥，和裹伤处有效。"后又看到一方子，加面粉，捣成糊状，敷伤处，二至三日换药一次。想那日，集市上那个头发花白的老人，约莫是见我久久盯着骨碎补驻足不前，便走过来说："这个药是把根捣碎了贴于伤处，但就这样是贴不牢的，须得用浆水混合起来才可以。从前不能开刀，骨头受伤就用这个药。"

我知道大自然蕴藏了无数秘密，但是这种貌不惊人的野生植物，自己艰难地生活于贫瘠之地，却生就一副菩萨心肠，能修补断骨、裂骨，还是让我止不住地佩服并感到神奇。遂想起去年膝关节受伤时，医生曾给我开过一支药膏，说明书里也标注着能修复断筋之类的功效，只需每日涂抹数次即可。起初，心下也是颇有疑虑的。如今想来，那支让我觉得极为有效的药膏里应该也隐含了某类神奇的草木。可惜，我竟忘了药膏名，更没记住其中的配方。

骨碎补的炮制并不烦琐，只需去泥沙杂质，洗净，稍浸泡，润透，切片，晒干。也有沙烫骨碎补。取沙子置锅内炒热，加入洗净的骨碎补，烫炒至鼓起，毛呈焦黄色，迅速取出，筛去沙，放凉后除去毛即成。古人则说："修事其根，用铜刀刮去黄赤毛，细切，蜜润，柳木甑蒸一日夜，晒干。急用只焙干，不蒸亦得也。"

那日，抵不住其可爱诱人，便买下几棵，依照药农"需栽于有石头之地"的吩咐，分别栽于老家的井边、院子里。只是，我不知道它们是否如我们一样心生欢喜。虽然骨碎补也有人工种植的，但将野生的植物移植于家里，即便它们能很快适应新的环境，想必性情也难免被改变，从而失去原有的山野气质。对于这样的变化，骨碎补是感到幸还是不幸？忽然想起朋友当年曾经聊起的话题，说世间的人，好比是庄稼，各有各的活法。玉米是玉米，水稻是水稻。是水稻，就该生长于水田，而不该被栽于旱地。此番言语，骨碎补听了，会不会"于我心有戚戚焉"？遂默默作了决定，寻一合适之地，将这几棵骨碎补放回山野。

骨碎补可入药亦可入馔。入馔，可煲汤，可煮粥。将骨碎补、附子、干姜用水煎 30 分钟，去渣留汁备用，将粳米淘洗干净，放入药汁中，再加适量清水煮，一碗骨碎补粳米粥就好了。想起总是以泪洗面的老友，那个患了重病还拼尽全力鼓舞她的人终究还是走了。忙碌的世界里，一个人的悲喜也许轻如草芥，可是，对这个人来说，那几乎就是全世界。

我想擅自往粥里多加一味萱草，告诉她，有些东西已经如当年流水，一去不回头，可以痛，可以哭，但一定不要被心痛淹没。

是夜，竟于梦中用骨碎补熬了一夜的粥，只是云里雾里、迷迷糊糊，不知是否记得加上了萱草。

杭白菊

茶菊

《红楼梦》第三十八回《林潇湘魁夺菊花诗，薛蘅芜讽和螃蟹咏》，众人作了十二首菊花诗，从《忆菊》始，至《残菊》止，描绘出菊花由初开到极盛再到衰败的过程。借花拟人，暗示了金陵十二钗千红一窟、万艳同悲的悲惨命运，叫人感慨万千。

相较而言，我更喜《雍亲王题书堂深居图屏》中的菊花。《雍亲王题书堂深居图屏》俗称“十二美人图”，生动地刻画了宫苑女子品茶、赏蝶、沉吟、阅读等闲适生活的情景，每一幅画中人物、服饰、家具、器物的选择和细致入微的描绘，都叫人叹为观止。其中一幅，背景墙面上悬挂着董其昌的书法作品和洞箫，仕女手持精美的珐琅表坐于书案旁，案上的官窑双耳白瓷瓶中插有菊花，曰《持表对菊》。瓶中菊花多为黄白色，有清高典雅之意。

有人感叹“一入菊门深似海”，借此表明菊花家族之庞大，品种之繁多。然，菊花当中之最纯粹者，私以为，非黄菊、白菊莫属。

而在温软的江南，有一种菊，称杭白菊。杭白菊，素淡优雅，白净清丽，叫人想起天生丽质的杭城姑娘来，可谓三字生情。然，杭白菊生于温软的江南没错，但并非生于杭州。一方水土养一方人，一方水土也养一方物。嘉兴桐乡的白菊，从众菊中脱颖而出，成为桐乡道地药材，亦为浙江八大药材之一。所谓道地，无非表明菊花认定了这一方水土，除却巫山不是云，到了别地，就生不出同样的气质来。

明明是桐乡的白菊，怎么会冠以“杭”字呢？据传，早在民国初年，桐乡的白菊就被安徽茶商汪裕泰从本地菊商朱金伦处收购，转卖给南洋商人梁老板，销往南洋各国。朱金伦从菊农手里收购干菊，精心处理、加工和包装，并按汪裕泰的要求，贴上商标和产品说明。汪裕泰深谙商界竞争之道，为防南洋商人甩掉他这个中间商，就吩咐朱金伦在所有桐乡出去的白菊封包上贴上“杭州西湖金伦茶庄出品”字样。后来梁老板果真使出“过河拆桥”的伎俩，直接到杭州寻找“西湖金伦茶庄”。当然，他只能无果而返，倒是桐乡的白菊，从此成了“杭白菊”，名扬海内外。

白菊若是喜欢这个称谓，想必会感激安徽那个精明睿智的茶商。毕竟，“浙八味”中，能冠以“杭”字的药材，也就两味——麦冬和白菊。但我觉得，最该感谢的，当数白菊自身。若非“花瓣洁白如玉，花蕊灿如黄金”的秀气模样，若无“气清香、味甘醇、花型美”的高雅气质，再精明的茶商，亦犯不着如此煞费苦心。

桐乡菊花栽培历史悠久，庭院栽菊在南宋时期就已兴盛。当时南宋宫廷为颂扬太平盛世，创办了一年一度的“菊花灯会”，朝廷要求把最好的菊花送至都城临安（今杭州）展出。灯会期间，都城白天观花，夜里观灯、品菊，热闹非凡。这灯会，可算是中国历史上最早的菊展雏形。宋人是真会生活，连梧桐落叶都要举行隆重的报秋仪式，又怎会错过这各色菊花盛开的大好时光呢。今人也赏花，随季节变换奔赴各地花海，拍出诸多照片，或珍藏或发朋友圈，只是茫茫花海，不知能有几朵花有幸得到几人慢慢看来。今人太忙，想要的又太多，所以，静不下心来看一朵花，他们人在花海中，心在花之外，做不到“人淡如菊”。

人淡如菊，语出唐代司空图《二十四诗品》中的《典雅》：“玉壶买春，赏雨茅屋。座中佳士，左右修竹。白云初晴，幽鸟相逐。眠琴绿荫，上有飞瀑。落花无言，人淡如菊。书之岁华，其曰可读。”人淡如菊，是淡淡的性情，并无“我花开后百花杀”的霸气，淡于名利之外，淡在骨气之内。又忽然想起，每每念起“采菊东篱下，悠然见南山”，那菊，非黄即白，从未在脑海里闪现出别的颜色来。不为五斗米折腰的陶潜，自然有一种遗世独立的从容和淡定。清简的日子，胜过人世繁华万千。只是，在这大争之世，不争太难，需要智慧。

就是这秀丽脱俗、韵致天然的淡淡菊花，味甘性凉，可镇静、解热、养肝、明目。浙人有“黄菊入药，白菊入茶”之传统习惯，但并非绝对，记忆中，入茶比入药多。杭白菊，又名小汤黄、小白菊，代茶饮用，其色香味不亚于龙井茶。据清《本草从新》记载：“有黄、白两种，单瓣味甘者入药、点茶、酿酒、作枕俱佳。”枕着菊香入眠，想必是能清心的。

儿时，常听父亲提起杭白菊，便觉那是稀罕的好物。那年我自己出差去桐乡，返程前自是要买些杭白菊作为礼物的。在店里，认识了胎菊，将开未开。那该是它一生中最欢喜的时光，重重叠叠的花瓣，仿若绵密的万千心思。店家说，胎菊为杭白菊中最上品。办公室同事个个体热，便一人一包，他们亦个个欢喜。独我自己体寒，不敢多喝，便每每泡了闻香，在浓洌清香、色泽金黄的茶汤中，与自己素面相见，方觉万事万物，值得感念。

菊花入药亦入茶，入诗亦入画。孟浩然的“开轩面场圃，把酒话桑麻”，意境真是让人向往，“待到重阳日，还来就菊花”，也就叫人万分期待。黄永玉有一组人物画，其中一幅就题为“待到重阳日，还来就菊花”。一人一壶一杯一丛菊，想来应是客人有约未至，主人只好独自斟酌了。也不知道那菊，是不是杭白菊。

虎耳草

虎耳草

虎耳草初进我的视野时，还是静不下心来看一棵草的年龄——那时正值花季，而且，并不知晓它叫虎耳草。乡人以虎耳草最大的功效之一——可治中耳炎来命名，那个称呼翻译成普通话，类似于虎耳草的其中一个别名：烂耳草。就是这么直白，就是这么质朴，跟我的乡人一样。

虎耳草的生长环境也很平常，山涧边、石阶旁、墙缝里、青苔上，不论冬夏，都能够看到它圆乎乎、毛茸茸的叶子。小小的虎耳草，一茎一叶，低低地伏于地面。叶片似虎耳，又近心形，正反面皆浮着一层细亮白毛，柔柔顺顺，边缘泛着波澜，虎头虎脑，极憨萌。叶片初生时，是浓而油亮的青墨色，愈长大墨色愈淡，但不管何时，背面都是好看的紫红色。

李时珍曰："虎耳生阴湿处，人亦栽于石山上。"最初见到的虎耳草，长在我家旁边那个相对背阴而潮湿的岩壁之上。后来，虎耳草被养到了盆里，准确地说，是盆里一块土黄色的山石上。所谓山石，实是土石结合，造型灵动，换了环境的虎耳草竟也跟着精致起来。这样的盆景共有两盆，弟弟给了我一盆，彼时，原来的家已成了娘家。

"我行过许多地方的桥，看过许多次数的云，喝过许多种类的酒，却只爱过一个正当最好年龄的人。"很多人喜欢这句话，我也喜欢。说出这句动人心弦的话的人，对虎耳草怀有极深的感情，以至于拿它作《边城》的重要意象。初识虎耳草的年龄，我不知晓那就是虎耳草；初读《边城》时，我亦不知虎耳草就在身边；再识虎耳草时，我已读《边城》不止一遍……人世间的缘分真是说不清，好在，我与虎耳草并未错过。

虎耳草娇小可爱，常年幽幽地绽放一片葱绿，可谓宜室宜家。置于接近窗口的茶几上，一盆虎耳草便成了举目可见的小小欢喜，同时也给我娘家般的踏实和温暖。只是，想起翠翠和傩送时，淡淡的欢喜中，便掺进了淡淡的忧伤。情窦将开未开的翠翠，在那个接近心事又远离心事的年龄，难免迷茫。当她心底的答案渐渐明晰时，“平时攀折不到手”的虎耳草倒能轻易摘到，且“这时节却可以选顶大的叶子作伞”。然而，这只是翠翠的梦。但是，那歌声不是梦，在翠翠梦见自己上山崖摘虎耳草时，那个为她唱歌的男人是真的，他对她的感情也是真的。他心仪于她，她亦心仪于他，即便如此，那个“正当最好年龄的人”，最后还是走了。每一个读过《边城》的人，都会替翠翠发问，那人还会回来吗？沈从文只给我们留下无限的想象，那个人也许永远都不会回来了，也许明天就回来……

知晓答案的，也许，只有那憨憨萌萌的虎耳草了吧。

虎耳草还有一些别名：石荷叶、狮子草、耳聋草、金线吊芙蓉……许是与风光美丽、人情质朴的湘西边城相协调，又许是与天真无邪、朴实清纯的翠翠相契合，亦许是沈从文的文字叫人太过喜欢，所以，再好听的别名，都抵不过他笔下的“虎耳草”，哪怕分明雅致许多的“石荷叶”。

可这些都只是人的事，虎耳草不喜不悲，该长叶长叶，该开花开花。

我见过虎耳草长出许多跟叶片背面一样紫红的走茎，在春季，也在冬季。长长的走茎垂于盆边，像那些长发女孩，平添几分柔媚。走茎长着长着，又会于顶端生出小虎耳草，每片叶子只有指甲盖大小，迷你可爱。每每我会把那长长的走茎小心捡拾，轻绕于山石，结果小虎耳草一沾到山石，便像得了嘉奖一般，立马生根、长大。虎耳草的花，也是极好看的。每年初夏，虎耳草开花。五枚花瓣，以鹅黄色的花芯为界，上方的三枚小，却有着粉红色斑纹，底部还有黄色斑纹；下方的两枚又长又大，却只是纯纯的白，轻盈若传统的燕尾风筝，又好似兔子耳朵。十根雄蕊向四面八方舒张开来，如时钟刻度般环绕花盘一周。两枚雌蕊长在花盘中央，成熟后会来一个近乎 90 度的弯折，颇为有趣。实难想象，如此质朴憨萌的虎耳草，居然生出这么灵动而轻盈的花朵。虎耳草，实在是俏皮又精致。我们犹如故交，越相处，越有惊喜。

虎耳草虽憨萌，却也有脾性。家里新来了块盆景石，我便擅自将虎耳草挪离茶几，换了个离窗不远不近的位置。我以为，虎耳草该是喜欢这个新地方的，并且也会跟从前一样长叶开花。所以，一段时日里，对于虎耳草该长叶时不长叶，该开花时不开花，我还委屈地百思不得其解。将虎耳草搬回原位，它又跟从前一样蓬蓬勃勃时，我才恍然大悟：虎耳草跟人一样，都有难以割舍的旧物、旧地，它们曾经充实过自己的生命，是生命中一段时光的见证者。旧物、旧地犹如树根，一旦拔掉，生命就会失去活力。多年以来，那茶几已是虎耳草的故土。故土难离。

翠翠爷爷爱采虎耳草，只因虎耳草全草可入药。《本草纲目》曰："微苦，辛，寒，有小毒；祛风清热，凉血解毒。治瘟疫，擂酒服。生用吐利人，熟用则止吐利。又治聤耳，捣汁滴之。"小时，听得最多的便是耳朵发炎时，将虎耳草捣碎，把汁液滴入发炎的耳朵，不日便可痊愈。苗药、侗药、土家药中，也常用它来治疗中耳炎、湿疹。小小虎耳草，像不起眼的身边人，总在你需要的时候倾尽所能。

翠翠说："得到了虎耳草，我可不知道把这个东西交给谁去了。"世间多阴差阳错，就像翠翠的爱情，似乎总在梦中。沈从文把对虎耳草浓厚的情感，放进了《边城》里，放到了翠翠身上，也放进了很多人的心里。每每看到虎耳草，就会想到翠翠那不可得的爱情，心内难免惆怅和遗憾，又因那里面一切的善，而生出淡淡的暖人的情味。也许，翠翠就是先生笔下带着遗憾的青春。只是，谁的青春不曾青涩呢？

听说，沈先生家有一盆虎耳草，种在椭圆形的小小钧窑盆里。而先生故去后，墓地的对面是一片悬崖，崖上生长着大丛的虎耳草。想那虎耳草，必是蓬蓬勃勃、极富生机的。

合欢

合歡

《中华古今注》曰："欲蠲人愤，赠之以青裳。"青裳，合欢也。

有了一个动听且极富意蕴的名字，长相似乎就没那么重要了，即便有不合心意的长相，至少也能很快获得原谅，好比一白遮百丑。更何况合欢那么美。如此，动听的名字跟它的长相便相得益彰。

清代才子李渔在《闲情偶寄》中说："此树朝开暮合，每至昏黄，枝叶互相交结，是名合欢。"每到天色昏暗，合欢小叶相拥而眠，成双成对。次日，天渐亮，又缓缓舒展开来。类似的景象，在含羞草身上也可以看到。只是，含羞草太小棵了，而去看一场盛大的合欢叶拥抱或舒展，便成了一个念想。

合欢有别名叫夜合、合昏，原因也基于此。可是，我很讨厌"合昏"这个名字，尽管我知道命名缘由充分，但表达相同的意思，可取的名字那么多，偏偏取这么个混账名儿，命名者真是昏了头。

合欢，还有别名，比如绒花树、乌绒……只是，叫了合欢，便"除却巫山不是云"，其他名字再难入心。

初夏始，合欢花开，半天红晕。合欢花未绽开时像一个个小筒，聚在一起，乍看以为是果实。一旦开放了，粉红色的花蕊从中迸出，半白半红，散垂如丝。每一朵合欢花，都像一把粉红的折扇，棱角分明的扇骨，纷纷散散交错于叶柄之上，缕缕粉色丝绸从扇骨中滑落。中间的花丝长而艳，边缘的花丝短而淡。听说，前者用来吸引长喙昆虫，低调的边花则用来结果。开花都开得那么智慧，时常让我觉得人不如草木。

合欢扇，扑蝶花阴里，花阴里扑蝶。不知怎的，却想起“轻罗小扇扑流萤”来，只读这句，倒也美好，只是还有“银烛秋光冷画屏”，还有“天阶夜色凉如水”，仅有的那点欢快也就在“冷”“凉”中消解殆尽。但合欢就不一样了，合欢盛开于夏季，夏凉和秋凉是两种不同的凉。合欢树下，扑蝶花阴里，有的只是美好，只是欢喜。

《红楼梦》里有宝钗扑蝶的故事，可是，我却好想请那个心有千千结、满腹皆才情的颦儿出来，扑蝶花阴里。曹雪芹说黛玉“世外仙姝寂寞林”。是啊，有才也就罢了，偏又多情，生生苦了自己。且丢下那花锄，扑蝶花阴里吧。藕荷色上衣，梅花刺绣，白色披风，清淡素雅，薄施粉黛，只增颜色，双颊绯红若隐若现，一缕青丝垂于胸前。合欢树下，手执合欢扇，衣袂缭绕飘举，嘴角勾起的那抹笑容，如同合欢花般灿烂。想必，合欢树下，她也会暂时抛却烦恼，一展愁眉，心生欢喜。此时的颦儿，可改名叫欢儿。

宋代李彭老写过《清平乐·合欢扇子》：“合欢扇子。扑蝶花阴里。半醉海棠扶不起。淡日秋千闲倚。宝筝弹向谁听。一春能几番晴。帐底柳绵吹满，不教好梦分明。”合欢扇，中国古代的一种团扇，上有对称图案，象征男女欢会之意。西汉时期，以中原一带所制纨扇最为考究，有

“齐纨楚竹”之说，即指用山东绢和湖南竹制作扇面的纨扇。汉班婕妤《怨歌行》有“裁为合欢扇，团团似明月”，南朝梁刘孝威《七夕穿针》有“故穿双眼针，时缝合欢扇”，元张可久《寨儿令·春愁》有“想合欢绣扇亲描，记同心罗帕轻揪”。此合欢扇非彼合欢扇，但它们一样美好，一样令人向往。

很多年前看《甄嬛传》，记住了合欢。果郡王母亲舒太妃喜爱合欢，是因为先王在世时，给她种了满园的合欢。果郡王也喜欢合欢，他的凝晖堂也种满合欢，那是因为他从小耳濡目染，觉得合欢有温柔长久之意，故一直苦苦寻找意中人。他说：“合心即欢。只可惜，皇阿玛再钟情于额娘，也不能为她一人相守。我也做不到。”一世相守于一人，对普通人而言，都非易事，何况生于帝王之家，有那么多身不由己。如此，《围城》里唐晓芙想要的“我爱的人，我要能够占领他整个生命，他在碰见我之前，没有过去，留着空白等我”，真是难上加难了。

合欢，不只是名字叫人愉悦，中医认为，合欢味甘、性平，有解郁安神、活血止痛、理气开胃之功效。《神农本草经》记载合欢树皮能“安五脏，利心志，令人欢乐无忧”。嵇康《养生论》云：“合欢蠲忿，萱草忘忧。”李渔则评价更高：“萱草解忧，合欢蠲忿，皆益人情性之物，无地不宜种之……凡见此花者，无不解愠成欢，破涕为笑，是萱草可以不树，而合欢则不可不栽。”

昼开夜合的合欢成了爱情的象征。人们喜欢在宅邸旁栽种合欢，寓意夫妻和鸣、邻里友好、心平气和。夫妻争执、朋友误会，雾散云开的那一刻，常以合欢相赠。夫妇和好之后，还有共饮合欢花茶之说。想来这些都应是古人所为，今日已不得见矣。茫茫尘世，芜杂多艰，朋友也好，夫妻也罢，皆系缘分，哪里还值得计较许多。从含苞少年，到蓬勃旺盛，再到垂垂凋落，一树合欢，融融共生。合欢谢了还会再开，人生不能重来，饮尽一杯合欢花茶，所有恩怨，皆可放下。

众花之开，无不忌雨，而合欢花尤甚。故合欢花开，更宜及时玩赏。世间爱而不得者居多，故遇见了就得珍惜。花期和爱情一样，错过的，便永远错过了。想起《甄嬛传》里那个在雨中捡拾合欢的宁贵人。甄嬛再次入宫后，第一次见她，便是她在合欢树下捡拾合欢花，还用手绢小心包起来。再次遇见，她又在冒雨捡拾被雨打落的合欢花。如此细心呵护，只因他最喜欢的是合欢；她冷若冰霜，唯独只对救过自己的他一展笑颜。爱，让她变得如合欢一般柔软，默默地喜欢着他的喜欢，默默地做他想做的事。用这样的方式爱一个人，倒是应了李东阳"夜合枝头别有春，坐含风露入清晨。任他明月能相照，敛尽芳心不向人"的诗句。果郡王对合欢，是喜爱，是期盼；宁贵人对合欢，是珍视，是深爱。宁贵人的名字叫叶依澜。

凹晶馆联诗时，黛玉出了一句"阶露团朝菌"，湘云对以"庭烟敛夕棔"，黛玉听了不禁起身叫妙，说："这促狭鬼，果然留下好的。这会子才说‘棔’字，亏你想得出。”湘云从宝钗处得知“棔”即合欢，而黛玉是熟悉合欢的。因为《林潇湘魁夺菊花诗，薛蘅芜讽和螃蟹咏》一回，黛玉吃了点螃蟹，便觉胸口微疼，宝玉忙令人将那合欢花浸的酒烫一壶来，黛玉曾喝过一口。

只是，黛玉的心事，又岂是几盏合欢花酒可以消解的。

黄精

黄精

我似乎，不，应该是越来越理解人们，那些懂它的好的人们，对黄精抵挡不住的热情了。初见黄精，是在餐桌上，服务员端上一个大盘子，酱红的猪肘子水晶般油润透亮，其间夹杂着几块黑乎乎的东西。这是黄精，极好的药材，经过九蒸九晒的了。不等服务员报菜名，好友就迫不及待地说。这几块不起眼的黑乎乎的东西，就这样直接越过猪肘子，被隆重推出。

我终于相信，这世间，有许许多多的植物，主要是靠吃来甄别的，能吃的，不能吃的，如何吃，如何补……从某种意义上说，我们的植物学混杂在中医理论里，被郑重地记载下来。东晋葛洪在《抱朴子》中说 ：“昔人以本品得坤土之气，获天地之精，故名。”西晋张华所著的《博物志》里也写道：“太阳之草，名曰黄精，饵而食之，可以长生。”李时珍在《本草纲目》中指出：“黄精为服食要药，故《别录》列于草部之首，仙家以为芝草之类，以其得坤土之精粹，故谓之黄精。”

与枸杞相似，黄精是道家发现的又一个“神药”，也叫“神仙饭”。主要是因其根块含有淀粉，可以充饥，故名。刘禹锡曰：“按《抱朴子》云：其断谷不及术。术饵令人肥健，可以负重涉险，但不及黄精甘美易食，凶年可以与老小休粮，人不能别之，谓为米脯也。”想来，这应该是黄精有别名“救穷”的缘由了。救穷，这真是一个别致的称呼，满怀慈悲，又饱含人们对黄精的感激。其实，黄精别名众多，按其根茎不同，就有鸡头黄精、黄鸡菜、爪子参、老虎姜等。而《五符经》云："黄精获天地之淳精，故名为戊己芝，是此义也。余粮、救穷，以功名也；鹿竹、菟竹，因叶似竹，而鹿兔食之也。垂珠，以子形也。……嘉谟曰：根如嫩姜，俗名野生姜。九蒸九曝，可以代粮，又名米脯 。"苏轼就曾写过"且觅黄精与疗饥"的诗句。

"白云深处黄精盛"，是宋张抡于《踏莎行·割断凡缘》里的句子。我不知道他的白云深处是指何处，但我知道离我居住的小城不远，也有白云深处，名曰白云山，是村名，亦是山名。相传东晋时期道家领军人物葛洪为求养生仙术曾来到白云山，见此山颇有仙气，就定居于此。作为药材之乡的其中一个村庄，想必白云山也是有人种植黄精的。事实上，黄精是药材城里每家店铺的主打产品，每逢集日，也总有药农售卖黄精，只是，前者已蒸熟，后者多为生黄精。

物质不够丰裕的年月，作为救荒草的黄精，自是慈悲；物质丰裕的年代，作为药材的黄精，依然慈悲为怀，补气，养阴，健脾，润肺，益肾。唐代大诗人杜甫有"扫除白发黄精在，君看他时冰雪容"的句子，可见当时黄精之功效就已被认知。宋代毛滂曾写"不用黄精扫鬓中"，读来颇有几分豪气，也从侧面道出黄精黑发之功效。

黄精根茎横生，如嫩生姜，肥大肉质，黄白色，略呈扁圆形。这个地下茎每年只长一节。每个节上，皆有一圆形痕迹，那是上一年枯萎的地上茎留下的。这是成长的印迹，让人想起树的年轮，人的年龄。根茎末端，次年的芽已悄悄开始孕育，呈现出一个小尖头。这些根茎，要想成为药材，就得把自己交给火焰，也交给时间。孟诜被后世誉为世界食疗学的鼻祖，他在《食疗本草》中详细记载："可取瓮子去底，釜上安置令得，所盛黄精令满。密盖，蒸之。令气溜，即曝之。第二遍蒸之亦如此。九蒸九曝。"

我想，很多时候，是这些充满灵性的草木替我们放慢了脚步，坚守着传统。米兰·昆德拉说，人永远都无法知道自己该要什么，因为人只能活一次，既不能拿它跟前世相比，也不能在来生加以修正。或许我们可以以草木为榜样，选择坚定而缓慢地成长。

九蒸九晒后，黄精渐成黄黑色，味甜，气微。葛洪的《抱朴子》亦云："黄精服其花胜其实，服其实胜其根。但花难多得，得其生花十斛，干之才可得五六斗耳。"照他所说，似乎黄精的花最为珍贵，果实次之，根茎再次之。然今人几乎将所有目光集中于其根茎上，用它蒸鸡、炖猪肉、泡茶。黄精泡茶，加淡竹叶、酸枣仁，可助眠；加桑叶、菊花，可明目、去黑眼圈。这个时代，人们一边借助药材养生，一边失眠、熬夜，仿佛陷入怪圈。

地底下的黄精模样并不出挑，但其植株煞是好看，好看到让人忘了它是药材。茎梗柔脆，颇似桃枝，叶片似百合却更光洁秀气，弧形脉纹清晰，可谓通透晴朗，从容温雅。四五月间，青翠的叶片之下，开出细青白花来，多两两相对，白中带绿，绿中夹白，又带一种萌萌的黄，其状若倒挂的小白兰花，亦如精致的小铃铛。我第一次见开花的黄精，是在一个农庄，齐齐整整的土地，满是秀气的叶片，青白的小花，美得叫人恍兮惚兮。农庄的名字亦好听：云水谣。彼时便想，若能植一棵黄精于院子里，看它发芽、开花、生长、结果，感受草木给予的安详时光，享受一种简单的快乐，多好。

黄精入药入馔亦入诗，深得诗人青睐，仅唐朝就有杜甫、白居易、王昌龄等写过黄精。而韦应物在《饵黄精》中写道："灵药出西山，服食采其根。九蒸换凡骨，经著上世言。候火起中夜，馨香满南轩。斋居感众灵，药术启妙门。自怀物外心，岂与俗士论。终期脱印绶，永与天壤存。"在他看来，服食九制黄精可与天地永存，虽说是痴人说梦，但服食黄精后老当益壮、益寿延年却是真的。

久食黄精可延年轻身，我是信的，若真要延年轻身，只怕更需清心寡欲。故最喜诗中"候火起中夜，馨香满南轩"之句，跟"开轩面场圃，把酒话桑麻"一样，朴实美好，妙不可言。

荠菜

薺菜

野菜入馔，风味最佳者，当数荠菜。只是冬末春初，往往忙于过年节，便顾不上挖荠菜。年节一过，荠菜自然还是有的，但已有许多迫不及待地开出花来。开了花的荠菜，除却用来煮鸡蛋，似乎已不再适合别种吃法。

用荠菜煮的鸡蛋，蛋壳会染上一层绿，想来那绿，应该胜过绿壳鸭蛋的绿，因为，有乡野的味道。听说而已，并没试过，家乡没有在农历三月三煮荠菜鸡蛋的风俗，也没有类似“三月三，荠菜花赛牡丹”“三月三，荠菜当灵丹”的谚语。“当灵丹”，是因荠菜煮的鸡蛋，吃了“脑壳不发昏”，也是听说而已，但这说法很是诱人，尤其是脑壳动辄发昏之人，比如我。清代文人叶调元在《汉口竹枝词》里这样记载：“三三令节重厨房，口味新调又一桩。地米菜和鸡蛋煮，十分耐饱十分香。”他只说十分耐饱，并未提及可治脑壳发昏。

倒是不止一人提到荠菜可明目、可驱虫。从前有个上巳节，这一天人们要去水边洗浴，以除凶去垢。魏晋以后，该节日定为三月初三，活动也随之丰富，比如祭祀宴饮、曲水流觞。但荠菜出现在上巳节中，似乎是宋代才有的事。《物类相感志》载：“三月三日收荠菜花，置灯檠上，则飞蛾、蚊虫不投。”明代文人高濂在《遵生八笺》中引《琐碎录》：“三月三日，取荠菜花铺灶上及坐卧处，可辟虫蚁。”我没读过《遵生八笺》，但所读的《食宪鸿秘》中，有部分肴馔引自《遵生八笺》，并不记得有关于荠菜的记录。其他关于吃食的书，比如《山家清供》《随园食单》，记忆中也没有相关记录，倒是《养小录》有提及，也只是一带而过，然荠菜可驱虫是毋庸置疑的。《本草纲目》记载：“荠生济泽，故谓之荠。释家取其茎作挑灯杖，可辟蚁、蛾，谓之护生草，云能护众生也。”荠菜有别名近三十个，然皆不及“护生草”来得慈悲。

明田汝成《西湖游览志》云：“三月三日男女皆戴荠菜花。谚云：‘三月戴荠花，桃李羞繁华。’”男子头上戴花，我很是惊讶。清代顾禄的《清嘉录》似乎给出了答案：“荠菜花俗呼‘野菜花’。因谚有‘三月三，蚂蚁上灶山’之语，三日，人家皆以野菜花置灶陉上，以厌虫蚁。侵晨村童叫卖不绝。或妇女簪髻上，以祈清目，俗号‘眼亮花’。或以隔年糕油煎食之，云能明目，谓之‘眼亮糕’。”顾禄综合记载了荠菜驱虫、明目之功效。我一边感慨伶仃小草竟有功效若此，一边思忖如今男子少有束发者，想插荠菜花也是颇难的了。

荠菜花很小，小到什么程度呢？这么说吧，一簇花还不及一朵紫云英大，蹲下来细看，才发现四片花瓣，十字排列，原来还是出自名门“十字花科”呢。荠菜往往结伴而生，采挖过的人都知道，若发现一棵，基本可断定周边会有一片。故荠菜开花，亦往往是白花花一片。花小色白如米粒的荠菜，叫“碎米荠”似乎再贴切不过了，但人们只称它“地米菜”，“碎米荠”的叫法被同期另一种小草——碎米荠占了去。它们的花很像，又都可入馔入药，只是碎米荠叶子更细小，结长角果，荠菜结三角果。每每挖荠菜，女儿总会指着碎米荠，问我是不是荠菜，我认真作答，可来年她依然会问，显然用心不够。碎米荠之名始见于《野菜谱》："碎米荠，如布谷……救饥，三月采，止可作齑。"

看来，碎米荠和荠菜一样，三月，便已"从今日老硬，何以供采撷"。说这话的是陆游。他晚年居乡间，吃到荠菜粥，想起与他一样命途多舛的东坡，于是作了那首《食荠糁甚美，盖蜀人所谓东坡羹也》："荠糁芳甘妙绝伦，啜来恍若在峨岷。"陆游是荠菜的忠实拥趸，写过不少相关的诗。《食荠》云："日日思归饱蕨薇，春来荠美忽忘归。"荠菜味道之美，可堪慰藉乡愁。"从今日老硬，何以供采撷"，出自《春荠》，全诗云："食案何萧然，春荠花若雪。从今日老硬，何以供采撷？山翁垂八十，忍贫心似铁。那须万钱箸，养此三寸舌？软炊香粳饭，幸免烦祝噎。一瓢亦已泰，陋巷时小啜。"

荠菜开花，叶梗皆老，不再适合做菜，但八旬老翁跟颜回一样，一箪食，一瓢饮，不改其乐。安贫乐道自是其一，恐荠菜味美也是其一。至少于我，每看到老去的荠菜，亦忍不住动了采挖的心思，当然，只是动动心思罢了。在家乡，荠菜只有一个叫法——香荠，可谓一字中的。将豆腐切成指头大小的丁，在油锅里煎至微黄，撒点盐，加入切碎的荠菜，略略翻炒，色泽分明、清香扑鼻的荠菜豆腐就好了。这是最家常的吃法。此外就是用荠菜包饺子、馄饨，也是很香的。饭店里也有用来做开胃羹的，比香菜做的好吃许多。香菜也香，但味儿太冲。还有用来炒鸡蛋、凉拌抑或做汤，那是别的地方的做法，家乡似乎没人这样做。

作为寻常的美味，从遥远的《诗经》时代始，人们就食用荠菜了。《诗经·邶风·谷风》云："行道迟迟，中心有违。不远伊迩，薄送我畿。谁谓荼苦，其甘如荠。宴尔新昏，如兄如弟。" 谁说荼菜味道苦呢？比起被丈夫抛弃的苦楚，荼菜简直像荠菜一样甘甜。荼是菊科的苦荬菜，将荠菜与苦荬菜对比，可见荠菜在先民看来算是可口的野菜了。屈原《楚辞·九章·悲回风》有"故荼荠不同亩兮，兰茝幽而独芳"，将一苦一甜的"荼"和"荠"分别比作小人与君子，足见荠菜之受欢迎程度非同一般。

尽管田野中荠菜遍生，还是有人将它种植于菜地。混迹于蔬菜旁的荠菜也很争气，叶片青绿绿、嫩生生、水灵灵，个儿也大了许多。好看是好看了，荠菜香也跟着淡了许多。野生荠菜虽贴地生长，叶片青绿中夹杂了些暗淡的紫红，但从将它挖出的那一刻开始，香味就扑鼻而来。有人说荠菜根营养更丰富，也比荠菜叶香，这说法很是让我信服。因为，野生荠菜根系发达，挖起来颇费劲，不像种植的，轻轻一拔即可。丰子恺有漫画，名曰《挑荠菜》，想从前，我们也是拿着小镰刀，从荠菜的边沿下手才能将它从泥里完整挑出。"日馔溪鱼小，时挑野菜香"，陆游之父陆宰以此描述在磐安的美好山居生活。我总觉得，这野菜应该是荠菜。

荠菜虽好吃，但其如春光易逝，转眼就老。好在，有馄饨店四季可供荠菜馅的大馄饨。女儿特别爱吃，但吃法与众不同，每每让店家如捞饺子般将馄饨捞出来，蘸了芝麻酱吃，想必是芝麻香与荠菜香相得益彰。我也喜欢荠菜馄饨，但不常去吃，总觉不够应季。偶尔去吃，便有种春光可留、春色亦可收藏的恍惚。唉，人生哪有此等美事。

正月里回老家，闲时逛公园，竟于旁边的菜地里发现荠菜，便兴致勃勃地采挖起来。苏轼被贬黄州，于生活困顿中琢磨美食，在给友人的信中说：“今日食荠极美……天然之珍，虽不甘于五味，而有味外之美。”年岁渐长，我如儿时一般蹲在故乡的土地上挖荠菜，吃起来应该也有“味外之美”。

桔梗

桔梗

桔梗，有人顾名思义，认为其是桔子之梗，其实它与桔子或柑橘毫无关系，桔子的“桔”和“梗”组合在一起后，读音也便从“jú”变成了“jié”。桔梗也是我父亲——一个半农不农的教书匠兼企业家种过的有限药材之一。他种植芍药和丹皮的时候，我还很小，记忆模糊，而父亲种桔梗时，我已是少年。

只是和别的药材不同，桔梗留给我最深的印象是那阵阵呛人的浓烟。是的，我家的桔梗种不逢时，等它成为药材时身价已由原先的一斤几块钱跌落到一斤两毛钱。至于之前到底是几块钱，我完全不记得了，但两毛钱一斤的身价如那阵阵呛人的烟雾，挥之不去。许是柴火对于缺乏劳力的我们家来说，实在太过宝贵；又许是即便将那两小筐桔梗卖了，也买不回等量的柴火，总之，用柴火极其俭省的母亲毫不犹豫地改变了那些本已成为药材的桔梗的命运。于是，有一段时间，我家的灶膛在生火之后，总会因添加了一把又一把的桔梗而冒出别样的烟雾。那烟，的确比一般的柴火烟要呛人得多。

多年以后，再回想起那些以桔梗作柴火的日子，不知怎的，我总会连带着想起林黛玉含恨焚诗稿的情节来。黛玉焚稿，不甘的除黛玉外，不知还有没有那些诗稿。但我几乎可以肯定的是，我家烧桔梗，更不甘的应该是那些自觉生不逢时的桔梗，而不是我母亲，那些呛人的烟雾便是它们心有不甘的最好佐证。

其实，桔梗可药食两用。

为药，桔梗有止咳祛痰、宣肺排脓之效。王安石在《北窗》里云“病与衰期每强扶，鸡壅桔梗亦时须”，晁补之在《春雪监中即事二首一》里云“肺病恶寒望劝酬，桔梗作汤良可沃”，谢枋得在《赠儒医陈西岩》中亦云“猪苓桔梗最为奇，药笼书囊用有诗”。他们同属宋代，足见桔梗作为药材于宋代极为普遍。以桔梗为药的方子颇多，《本草纲目》曰：“凡用桔梗，须去头上尖硬二三分以来，并两畔附枝。于槐砧上细锉，用生百合捣膏，投水中浸一伏时滤出，缓火熬令干用。每桔梗四两，用百合二两五钱。”“槐砧”，顾名思义是槐木做成的砧板，而“细锉”约为切成小颗粒之意，连细锉之地都指明是槐砧，我总疑心其间是有讲究的，却又未得证实。

关于桔梗的炮制，《本草纲目》云：“今但刮去浮皮，米泔水浸一夜，切片微炒用。”如今，用来入药的根，亦是须剥了皮的。我年少时，每年八月前后，常见大人小孩相围而坐，一手拿桔梗，一手捏碎瓷片，边聊天边给桔梗剥皮，那是桔梗种得多的人家请了帮工。那个场面，十分诱人，热闹且有酬劳，工钱随桔梗的身价高低而起伏，剥一斤桔梗几分或一两毛不等。但我从未被允许加入，只在自己家种桔梗那年尝试过一回。刚从土里挖出的桔梗，皮并不难剥，从粗壮的一端开出个头，多半就能用手扯下，露出滑溜白净的样子。而后晒干或烘干，便成了药材。从种子到药材，除却采挖、去皮，最为费力的该是薅草了。种子播下，桔梗苗破土而出，杂草亦见风而长，摁都摁不住，若不及时去除，豆苗般幼小的桔梗苗就会面临被吞没的命运。此时除草，尤得小心翼翼，不然幼苗刚出土，根基未稳，极易连同杂草被一起拔除。二轮除草，相对可轻松些。我未曾替自己家的桔梗拔过草，这些都是听人所说。

为食，桔梗可煮食，可腌制，亦可凉拌。在东北常被腌制为咸菜，在朝鲜半岛则被用来制作泡菜。我常以大白菜或豇豆为主料，辅以盐、葱、姜、蒜、辣椒以及苹果丁、雪梨丁腌制泡菜或酸豆角，却从未想过桔梗亦可如法炮制。想当年，大人亦偶有提起，说北方人拿桔梗当菜，语气中未免有些大惊小怪，作为孩子的我们也于一边暗暗称奇。看来，家乡人固执己见，一味地认定桔梗只是药材。不然，母亲也不至于毫不犹豫地将其作了柴火。偶有人于煲汤时放入一两根桔梗，权当是人参。这正应了当年陶弘景的荠"可乱人参"一说，桔梗除白药、梗草外，还有一别名曰荠。那些年，有几人吃得起真正的人参呢？拿一两根桔梗替代，除却桔梗本身的功效外，心理上的满足恐怕更为强烈。

听说，鲜桔梗用水浸泡后，沥干，用盐反复搓洗，去除苦味，再用水清洗几遍，擦干，备用。将梨、苹果去皮，用搅拌机打成泥状，放入味精、盐、白糖、辣椒面以及切碎的葱、姜、蒜和剁碎的虾酱，再加一勺熟白芝麻，与桔梗拌匀，便可食用。即便不提辣椒面，我亦可大致看出此法多属北方人所为。想起汪曾祺说"有些东西，本来不吃，吃吃也就习惯了。

也就是口味这个东西是没有定性的”，“一个人口味要宽一点，杂一点。对食物如此，对文化或者其他的东西也是一样”，我亦有了一试的想法。再说，现如今，吃食的范围愈发广泛，人们的接受力亦日渐增强，若是凉拌桔梗出现在我们的餐桌上，想必也不再有人如当年那样大惊小怪了。只是，桔梗的种植似乎越来越少，我该到哪去找鲜桔梗呢？

桔梗还有一些别名，如包袱花、铃铛花、僧帽花，无一不以桔梗花还未盛开时的模样命名。三个之中，我以为包袱花最为形象，那未开的桔梗花，活脱脱就是扎了口的棉质土布包袱的模样。可惜如今包袱亦不多见，恐难引起共鸣。很多药材，为增加作为药用的根的营养，需得摘花，桔梗亦是如此。但我的记忆中几乎没人特意摘了桔梗花，倒是孩子们除草时感觉累了乏了，就会掐几朵花玩玩。未开的花，掐之有声，如炸了的小鞭炮，颇能解乏。桔梗花单朵顶生，花期7~9月，有暗蓝、暗紫或白色。白色的桔梗花，我只听说过，未曾亲眼见过。朝鲜半岛有民谣《桔梗谣》，其中有“桔梗哟桔梗哟桔梗哟，深深山川里的白桔梗哟”，想必就是开白花的桔梗了。

桔梗的花语为“真诚、柔顺、悲哀”，还有人说桔梗有双层含义——永恒的爱和无望的爱。我对所谓的花语向来不以为意，更少被触动，但看到“柔顺”与“悲哀”时，想起当年被丢进灶膛的桔梗，心底便泛起阵阵愧疚……

鸡冠花

雞冠花

记忆中的鸡冠花，开花都是一个模样，扁扁的，像个扫把，少有别的样子，颜色也是鲜艳的玫红居多。这样形容鸡冠花，纯属一个孩子为心的真实感受，绝无半点贬低之意。事实上，鸡冠花和凤仙花一样，曾经开遍我家的房前屋后，几乎贯穿了我的整个童年，以至于提起它，仿佛提起不离不弃的小伙伴，那么熟悉，那么温暖。

然而，即便我这样声明，有人还是会不高兴。在他眼里，别说是扫把了，就是鸡冠花的命名，他都觉得过于草率，对不住这好看的花。这个人就是李渔。他在《闲情偶寄》中写道："花之肖形者尽多，如绣球、玉簪、金钱、蝴蝶、剪春罗之属，皆能酷似，然皆尘世中物也；能肖天上之形者，独有鸡冠花一种"，"鸡冠虽肖，然而贱视花容矣，请易其字曰'一朵云'。"在他看来，命名者居然舍天上极美之物，而于尘世搜索，实属不应当。那么，天上何物可用于比拟鸡冠花呢？他认为是氤氲的祥云，并建议将鸡冠花改成"一朵云"，红色的叫"红云"，紫色的叫"紫云"，黄者为"黄云"，白者为"白云"，五色的，自然名为"五色云"了。他还特别可爱地追了一句："以上数者，较之'鸡冠'，谁荣谁辱？花如有知，必将德我。"一个人，该是有多喜爱一种花，才会那么在意并急切地想要赋予它一个自认为满意的名字。虽然比起"一朵云"的浪漫，鸡冠花的叫法似更通俗形象，然李渔对鸡冠花的款款深情却也令人感动。鸡冠花如若有知，必将感谢他。

只是，想法很美好，现实很骨感，李渔的建议并未被多少人采纳，人们还是自顾自地称其为鸡冠花，其别名亦多与鸡冠相关联，比如红鸡冠、鸡髻花、大鸡公花、芦花鸡冠……既乡土，又朴实。不仅如此，人们还乐意在鸡冠花的名字上做文章，以寄托自己美好的意愿。鸡通“吉”，民间视鸡冠花为吉祥之物，认为它能守护家园，故多于庭院种植。据史书记载，宋时，许多地方称鸡冠花为“洗手花”。每年的农历七月十五日，也就是中元节，在汴京（今河南开封），民间都有购买鸡冠花祭祀祖先的习俗。藏族人民在过藏历新年时，会在吉祥的食物上插上鸡冠花，和国画中以鸡冠花给大公鸡做配景，有相同的寓意，即官（冠）上加官（冠）。如此，鸡冠花真乃吉祥之花。

鸡冠花开，仿佛雄赳赳气昂昂的芦花大公鸡，其叶又如根根直立的五彩翎毛，故有“花中禽王”之美称。不过，像鸡冠的鸡冠花，只是鸡冠花中的一种，此外还有火炬状的、绒球状的、羽毛状的。球状的，我在花店里见过，几个颜色一捧，每朵花都是不规则的半球形。这种鸡冠花有个好听的名字，叫“久留米鸡冠花”。久留米是日本的一座城市，许多美食都以它为名，比如久留米寿司、久留米拉面等，据说久留米的酒也很有名。

为什么鸡冠花也要凑这个热闹呢?

原来，二战后，有个叫大月留吉氏的福冈人，在印度见到一种花冠是球形的鸡冠花，跟日本常见的鸡冠花很不一样，就带回种子，在久留米一带播种栽培。球形鸡冠花株型高大，为使它适合盆栽，便慢慢选育出株型较矮、花却更大的品种，结果在日本大受欢迎，人们便以它的栽培地将其命名为久留米鸡冠花。后又从日本传遍全世界，而久留米鸡冠花就成了通用名。遂想起由中国传入日本的樱花，也因在日本被培育出诸多品种，且多以日本地名命名，以至于让许多人误以为日本就是樱花的原产地。

在日本，传统鸡冠花由中国经朝鲜传入，大约唐代中期，就有了鸡冠花的记载。在《万叶集》里称其为“韩蓝”，意思是从朝鲜半岛传来的染色植物。在日本，有一种颜色就叫“韩蓝色”，但并非蓝色，而是一种粉粉的红。听说，日本人很迷恋鸡冠花染出的粉色，而我们好像没有用鸡冠花染色的习惯。

最常见的鸡冠花多为大红色，也有暗红、橙黄、紫色、白色或者红黄相间。关于鸡冠花的颜色，还有一个有趣的故事。主持编纂过《永乐大典》的明代大才子解缙恃才放旷，明成祖朱棣爱其才，但也想压一下他的气焰，于是命他给鸡冠花赋诗，按常见的景象，解缙一开头就是：“鸡冠本是胭脂染。”朱棣忽然从袖子里取出一朵白鸡冠，解缙马上改口：“今日如何浅淡妆？只为五更贪报晓，至今戴却满头霜。”机智多才如解缙，给出这个答案，想必朱棣该是满意的。

我没见过白色的鸡冠花，但读解缙的诗，倒想起鸡冠花花期很长，夏天开花，可一直开到霜降前，故相关的诗文，多落笔于秋日的鸡冠花。早在唐朝，就有吟咏鸡冠花的诗作。比如唐代诗人罗邺曰：“一枝浓艳对秋光，露滴风摇倚砌旁。晓景乍看何处似，谢家新染紫罗裳。”宋朝诗人赵企则写道：“秋光及物眼犹迷，着叶婆娑拟碧鸡。精彩十分佯欲动，五更只欠一声啼。”真是形象逼真。宋人钱熙把它比作妇女时髦的头饰：“亭亭高出竹篱间，露滴风吹血染干。学得京城梳洗样，旧罗包却绿云鬟。”元代姚文奂则想象它刚从五陵相斗而归：“何处一声天下白，霜华晚拂绛云冠。五陵斗罢归来后，独立秋亭血未干。”清朝张邵更是别出心裁，把鸡冠花喻作将士头盔上的红缨：“斗风有胄红缨乱，啼月无声翠羽垂。”对白色的鸡冠花，宋人王令亦有极其精彩的描述：“如飞如舞对瑶台，一顶春云若剪裁。谁为移根蓂荚畔，玉鸡应为太平来。”“玉鸡”指的就是白色鸡冠花。

鸡冠花原产于非洲、美洲和印度，是苋科青葙属一年生草本植物。提起苋科，约莫都会想起炒出来汤汁红扑扑的苋菜。其实，鸡冠花亦可入馔。明代《救荒本草》中就有“救荒，采（鸡冠花）叶煠熟，水浸淘净，油盐调食”的记载。鸡冠花富含蛋白质、氨基酸、维生素和膳食纤维，特别适合用来煲汤。用鸡冠花煲汤，算药食两用。比如，龟胶冠花蛋汤，可补血益气，美容养颜；燕窝冠花肺片汤，可益脾胃，清肺热，止泻止咳；冠花蚌肉汤，可清热解毒，清肝明目。然而，我是个死脑筋，拿鸡冠花做菜，总觉得有些不习惯。倒是想将它细小的种子炒了试试，他们说，吃起来有榛子味。

鸡冠花是凉性的药用植物，甘涩收敛，凉而能清，入肝与大肠经，既收敛凉血而止血，又收涩止泻止带，尤其对症久痢不止。除了花，鸡冠花的茎叶、种子和根都可以入药。眼前有几棵鸡冠花，实在是好的，即便不为入馔，不为入药，只为看它们热烈而沉静地绽放，于习习凉风中，迎来一阶秋色。

金钩梨

枳椇

从未对一种果树的叫法如此固执己见，以至于几十年来想都没有想过它是否有别名，只因它的名字里包含了一个词，而这个词，跟我的关联是那么密切，密切到关乎我的一生。这种果树叫金钩梨，而金钩，是一个村庄，我生于斯长于斯。人说近乡情怯，对于金钩梨，在要描述它之前，竟也有了相似的感觉。

如果因此以为金钩梨就是金钩的特产，那真是一种误会。儿时生活的乡村，果树实在有限，唯一的一棵樱桃，在那个叫芦头的自然村，金钩梨不知有几棵，也是在芦头村。芦头虽属于我们金钩大队，可是金钩本土却似乎只有梨树和苹果树。一个名为金钩的地方，怎么可以没有金钩梨呢？年少的我在羡慕芦头人的同时，多少有些失落。

金钩梨的命名，定是因其果肉的外形如一串串钩子，但它和梨，实在是八竿子也打不着的。我后来知道了金钩梨本名拐枣，可我觉着它和枣也是八竿子打不着，只是“拐”道出了其果肉的模样。这两种叫法，有异曲同工之妙，但后面的梨和枣，却总叫人疑心是命名的人随便取了种别的水果来敷衍罢了。《陕西通志》记述：“华州（即今华县）有万寿果，叶如楸，实稍细于箸头，两头横拐，一名拐枣，紫红色，九月成熟，盖枳椇也。”这个记述，易让人以为万寿果是本名，而拐枣倒成了别名似的，但“实稍细于箸头，两头横拐”的说法，应是我所见过的对金钩梨果肉最为贴切的描述了。至于万寿果的叫法，似是因其果实形态似万字符。若以十分为满分，让我给这个称呼打分，至多也就宽容到给七分，说到底，金钩梨的果肉模样和万字符并没那么相像。

金钩梨只是拐枣的别名之一，它还有诸多别名，比如俅江枳椇、鸡爪连、臭杞子、鸡爪子、龙爪、弯捞捞、蜜爪爪，其中多有带“爪”字的，听起来不太雅，估计也是以其果肉模样命名。当然，它还有一个别名称“甜半夜”，算是雅称。由于它实在太甜，《尔雅翼》曰：“古者人君燕食，所加庶羞。”拐枣在我国的栽培史很是久远，久远到早在《诗经》中就有记载。《小雅·南山有台》中有“南山有枸，北山有楰”的诗句，据《辞源》解释，“枸即枳椇，南山谓之秦岭”，而中药里就是称金钩梨的果实为枳椇子。

金钩梨花期 5~7 月，果期 8~10 月。6 月，办公室北窗外，枇杷树上最后几颗金黄的枇杷已被鸟儿啄食干净，高大的金钩梨却满树繁花。嫩绿的花，细细碎碎，颜色跟叶片几无二致，得近看，得留心，不然这花极易淹没于树叶当中，也很难发现这是棵开花的树。倒是去年结的果子，还有几串挂于枝头，不见了当初的黄棕色，在一日淡比一日的由绿转鹅黄的花朵当中黑得有些醒目。那天，坐久了，我走到北窗口，推开窗户，淡淡花香迎面而来。四下里看，除却金钩梨，并无其他花开放。这是我第一次闻见金钩梨的花香，而这花香，亦使我上了瘾一般，从此时不时往北窗口走。一棵树，于开花之时，有人惦念和欣赏，想必是欢喜的。不敢说我和它相看两不厌，但可以肯定，我们互不辜负。

六月尽，金钩梨就开始结出果子来，和当初的花苞一样，嫩绿而细小，只是不如花苞那么密集。看着它们一点一点长大，然后在某天，你会发现挂于树梢的果实，已完全从原先的绿色转为浅褐色。刚采摘的金钩梨，汁液饱满，浅褐色的外皮下，透出隐隐的绿色。扯掉两端结着的籽，塞进嘴里咬一口，又甜又涩，叫人有些不知所措。其实，金钩梨和野生猕猴桃一样，须得下了霜采摘，经了霜冻，果梗慢慢转为红褐色时，将采摘下的果枝，于阴凉处再放上一周左右，吃起来就完全没有涩味了。

当年芦头的樱桃我是吃过的，芦头的金钩梨有没有吃过，已记不清楚，但能分明记得的，是小学三年级吃到了学校分的金钩梨。教室前是个宽敞的院子，院子里有两棵高大的金钩梨树。那年冬天，老师端着一个装满了金钩梨的畚斗进到教室。当老师和他手中的畚斗以及我们的目光，在教室里转了一圈后，我们每个人的课桌上都多出一捧金钩梨。这捧果子被我带回家后遗忘了很久，再次发现时，它的果梗已经变成红褐色，果肉也变成棕褐色。时光在夺走它鲜嫩饱满的模样之时，也带走了它的青涩，让它变得绵甜无比。

金钩梨其花不张扬，其果实长相亦不讨巧，以至于菜场里，偶见有人将剪下的金钩梨果枝，细细整理，捆扎成小把，等待买主，却少有人问津。其实，它的果实营养丰富到令人咋舌，有机酸、氨基酸、营养微量元素以及生物碱，光维生素就有十几种，不知这些诱人的词语和数字，被注重养生的人们听到之后，会不会让金钩梨比从前更受青睐？倒是金钩梨的籽，似乎很受欢迎，只因它可解酒毒。《食疗本草》曰："昔有南人，修舍用此木。误落一片入酒瓮中，酒化为水也。"我曾听说有人在赴宴之前，会先嚼上一把金钩梨籽。金钩梨的籽生于果肉两端，去掉薄薄的外皮，会露出鲜亮的红褐色，看起来极为硬实，想象中嚼起来该是颇为费劲的。而有的酒吧也会有金钩梨果肉出售，莫非是想客人多喝酒而不醉？作为中药，金钩梨果梗、果实、种子、叶及根均可入药。其药用最早见于《唐本草》。李时珍《本草纲目》说它"味甘、性平、无毒，止渴除烦，去膈上热，润五脏，利大小便，功同蜂蜜。"蜂蜜应该是能解酒的，泡浓浓的蜂蜜水给喝醉的人，韩剧里常见。其果梗还可酿制拐枣白酒，此酒可泡药或直接用于医治风湿麻木和跌打损伤。

尽管金钩梨本名拐枣的事实，让我若有所失，但我还是要说，金钩梨样貌朴素至极，像极了那个养育我的默默无闻、名不见经传的小村子，以至于我每每念起它，就自然而然想起我的家乡，每每想起家乡，亦会忍不住地想起它。作为地球上最古老的果树之一，金钩梨属速生植物。北窗外，高大的金钩梨树下，又生发出许多新的树苗来，再过一两年，它们便会长高，高到我站在窗口便触手可及，那时，我便可去触摸一棵金钩梨树，像触摸我心底深处的家乡。

金银花

忍冬

金银花，正名忍冬，忍冬科忍冬属，让人想起鸢尾科鸢尾属的鸢尾，血统纯正，自带霸气，而金银花的叫法显然通俗许多。据说，宋之前叫忍冬，“金银花”之名首见于宋代《苏沈良方》。

花开时，微香，花蒂带红色，初开色白，经一二日则色黄，所见花枝多有金银双色，故名金银花。睿智的金银花，用花瓣的颜色留下光阴流逝的痕迹。并蒂花，连理枝，这些听着美好的词语，金银花占了一份。“并蒂双鸳舞，数枝牵手开。金银相旖旎，蜂蝶惹徘徊。”一蒂二花，两条花蕊探出花外，成双成对，形影不离，似鸳鸯对舞，金银花亦称鸳鸯藤。此外，江西称金银藤、蜜桷藤，浙江称银藤、子风藤，四川称二宝藤、右转藤，上海称二色花藤，常用中草药图谱则称老翁须。

而忍冬的名字，自有一种清雅的风骨在。乍一看，忍冬枝枝蔓蔓，似乎只是绵软无力的温柔女子，其实有着倔强而隐忍的性子。秋叶刚落，忍冬的小芽就已挂上枝头。这一抹嫩绿，将在整个冬日里，上演柔弱与严寒的对抗。忍冬，真是名副其实呀。春日里，忍冬枝头，金银双色，璀璨翻飞。微风中，散发缕缕清香。这黄白的花瓣，这细长的花蕊，这淡淡的香气，皆从冬日艰难而又坚定地走来，带着不可阻挡的暖意。

作为常用中药，忍冬历史悠久，始载于《名医别录》，列为上品。“金银花”一名始见于李时珍《本草纲目》，在“忍冬”项下提及，现已收入《中国药典》。金银花性寒味甘，具有清热解毒、凉血化瘀之功效，主治外感风热、瘟病初起、疮疡疔毒、红肿热痛、便脓血等。尤为可贵的是，其性虽寒，却不伤胃，叫人好感倍增。广东凉茶之代表五花茶，金银花位列其中，其余分别为木棉花、鸡蛋花、菊花、槐花。北宋年间，吴地有一间白云寺，寺里几个和尚不小心吃了毒蘑菇，上吐下泻。其中三人情急之下，扯了外面的忍冬就生吃下去，活了；另外两人没吃忍冬，“吐至死”。这是《墨庄漫录》里记载的一则故事。众所周知，忍冬有清热解毒、消炎退肿之效。但对毒蘑菇是否有效，留待验证。

《红楼梦》第五十六回《敏探春兴利除宿弊，时宝钗小惠全大体》中，探春叹息大观园里像蘅芜苑、怡红院这样大的地方竟没有出利息之物时，李纨笑答：“怡红院别说别的，单只说春夏天一季玫瑰花，共下多少花？还有一带篱笆上的蔷薇、月季、宝相、金银藤，单这没要紧的花草干了，卖到茶叶铺、药铺去，也值几个钱。”提到怡红院中“出利息之物”，虽然李纨首先想到的是玫瑰花，金银藤不过是“没要紧的花草”，但于民间，金银花着实是百姓寻常日子里常用的清凉去火之物，不可或缺。

我虽长于乡村，却很晚才听说金银花。也是，母亲连自家的茶叶都采摘得不多，更何况是作为野花的金银花呢。近年才发觉，没有一种野花的生长，能如金银花这般受人尤其是乡下人的关注和喜爱。金银花花蕾细长，不宜一朵一朵采摘，多是一手抓住花枝，一手连花带叶一起捋。从前的邻居老郑夫妇，退休后，总有一段时日，清晨便往老家或周边山上跑，我就知道金银花已经盛开。果真，那些个下午，总见郑师母坐于阳台，将采摘来的金银花摊于竹匾上，一点一点拣择出叶片，后蒸熟，晾干。今年五一，我们外出野炊，闲着没事，一路采摘一种叫“鸟不踏”的野菜。行至半山腰，同行的伙伴忽然丢下鸟不踏，兴奋地跨进树丛，只因发现了金银花。那一日，我们坐于凉亭里，慢慢拣择金银花，言语中满是如获至宝的喜悦。想起有一次，漫步到小城古老的一角，炊烟从墙眼里探出头来，在风中晃晃悠悠升上天空，被烟熏得发黑的窗檐下，一对母女在门口菜园边拣择刚刚采摘的金银花。那一刻，时间在充满烟火气息的寻常日子里变得慢下来。

就花来说，将开未开当是最好的时光，作为药材的金银花更是如此，以花蕾为佳，又不宜太嫩太小。虽说其叶其梗亦具清热去火之功效，但混入盛开的花或叶梗者品质较差。有次朋友送先生一包金银花，其色略显暗沉，梗叶具存，先生便有一丝不屑，泡茶后总说去火功效不佳，我就怀疑他有以貌取花、先入为主之嫌。我说金银花用花入药也是宋代以后才开始的，之前只取其茎叶，但他每每宁可挑选人工种植的大花蕾，亦不要那混入梗叶的野生金银花，固执得很。金银花最好于清晨及上午采收，花蕾肥大、色青白之干净者，养分足、气味浓、颜色好。忌堆叠，忌暴晒，忌翻动，通风阴干最佳。若微火烘干，则花色较暗，品相不好。看来，即将成为药材的金银花对自己颇为苛刻。想来也是，世间凡对自己有要求者，皆能成事。金银花花期在 4~6 月，听说秋季亦常开花。十月小阳春，我只见过盛开的杜鹃，未曾见过盛开的金银花。想春日里，那么多金银花未及开放就被采摘，这秋日里的金银花，若得以自然地盛开与凋零，安安静静，亦很好。

金银花的栽培，最早记载于宋代《苏沈良方》："可移根庭栏间，以备急。"许多地方县志也有记载，如清光绪二十二年《费县志》称："花有黄白，故名金银花，从前间有之，不过采以代茶，至嘉庆初，商旅贩往他处……不数年，山角水湄栽植几遍。"与凌霄有别，比起攀缘，金银花似更喜匍匐生长，故适于做地被栽培，还可做绿化矮墙，亦可利用其缠绕能力作花廊、花架、花栏、花柱。植于庭院间的金银花，可观赏，可药用。宋人所称"以备急"，叫人觉着金银花如家庭医生般可亲。

在南京郊外六合、金牛山一带，有一民歌叫《鲜花调》，唱的本是茉莉花、金银花和玫瑰花。改词、加工后，原曲调未有多大改变，歌词却只保留了茉莉花的内容，歌名亦改为《茉莉花》，金银花和玫瑰花就这样被舍弃。只是从歌词中被剔除而已，想必金银花也不会因此有太多失落。其实，金银花的纹样——忍冬纹，很早就用于佛教的装饰艺术，常与莲花一同出现，在北朝时期的壁画和花纹砖上都能见到，取其"经冬不凋"之意。

苦楝

楝

秋天，纯净明朗的天空下，苦楝树终于落下最后一片叶子，唯有枝头挂满金黄的果子。这时的苦楝树，似乎比春日里开花时更引人注目。树名苦楝，其子自然名为苦楝子，亦称土楝实、苦心子、楝枣子、楝果子。可是对于很多人来说，看到苦楝子，首先勾起的一定是儿时玩弹弓或竹筒枪的回忆，因为那曾是他们使用过的“子弹”。秋天走了，冬天来了，果子却掉得不多。肃杀的冬日，还能于枝头看见一串串果子，到底还是能给人一丝慰藉与希望的。

苦楝子很像无患子，但没有无患子那么透亮，只是实实在在的黄，少了分玲珑，多了分憨实。诸多无患子跟落叶相约凋落，能挺过严冬的毕竟寥寥，而苦楝就不一样了，其果大多经冬不落，待来年春天，苦楝花开，还有果子执着地不愿离开。有人说，苦楝之花、叶、果、根、皮均有毒，故虫鸟避之。亦有人说，这果子，是许多鸟儿过冬的口粮。在有些地方，聪慧的人们将其果肉研磨，替代面粉做成糨糊，用来纳鞋底，既节约了粮食，亦防了蛀虫，可谓一举两得。

四月，春将尽，苦楝花开。这平常的树种，一开花，顿时变得清静可喜。花苞深紫，其色一日淡比一日，待完全盛开时，所见花瓣几为白色。这情形，跟紫藤花极像，只是苦楝花轻巧灵动，更兼细香迷人，又添几分可爱。以“细”形容苦楝花香，简直贴切到了骨子里，宋人谢逸《千秋岁·咏夏景》里就有“楝花飘砌，蔌蔌清香细”之句。苦楝花自身芳香馥郁，却只一味地内敛，不愿将太多清香浮溢于空气中，没有含笑、桂花来得张扬。含笑或桂花盛放时，只需在旁边经过，就能轻易闻见其花香。我曾于花儿盛放的苦楝树下伫立良久，用尽力气呼吸，却难闻其香，可就在不经意时，它却淡淡浮现，且倏忽即逝。我还曾捡拾过苦楝的落英，隔了一夜，花儿蔫了一些，再闻，芳香却丝毫不减。安静内敛若此，加上花朵细小，色彩又非艳丽之属，少有人瞩目也就不足为奇。最近大火的电视剧《清平乐》中有个斗香的情节，说张贵妃用普通的植物制出了宫用熏香——阁中香，拔得头筹。这一点倒颇合苏东坡的记载。他的《香说》中有如下记载："温成皇后阁中香，用松子膜、荔枝皮、苦练（楝）花之类，沉、檀、龙、麝皆不用……"可见，选物不在其名贵，而在如何物尽其用，制香如此，制别物、用人，莫不如此。

其实，苦楝花开时，恰逢其叶鲜嫩，油绿闪亮，串串花枝摇曳其间，若紫霞氤氲，让我想起那条已不知去向的蓝底碎紫花长裙来，是素淡而热烈的美。若有一片阳光落在上面，开花的苦楝就会带上另一种动人的气息。煦暖的阳光下，那些闪烁于枝头的紫色明艳了许多，而阳光亦因了这闪闪烁烁的紫色变得愈发清婉可喜。从前，苦楝花倒常入诗，苏轼的"钓艇归时菖叶雨，缫车鸣处楝花风"是诱人的田园风光，王安石《钟山晚步》里的"小雨轻风落楝花"当属小清新，而温庭筠的"宫紫晕流苏"自是高雅了几分。

古人常用"开到荼蘼花事了"形容春光将尽，其实风到楝花，才算二十四番吹遍。从小寒到谷雨的一百二十天里，跨越八个节气，一气三候，每候五天，分别对应一种最合时令的花，即“二十四番花信风”。小寒以梅花开启，楝花为谷雨收官。宋代丘葵的《初夏》就有“一信楝花风，一年春事空”之说，蒋捷的一句“楝花风，尔且慢到”，惜春之情溢于言表。苦楝花开，春芳暂歇，落红遍地，立夏将至。暮春多风雨，一阵风，落花一地，一场雨，又落花一地，自然就有谢逸笔下的“楝花飘砌”之景象，好在苦楝花似无穷无尽，落归落，满树依然花枝连连。其花期长达月余，于是，浅夏的熏风小雨里，也会有细碎的楝花轻落。

苦楝，实在是很普遍的。城里的公园，乡下的房前屋后，田间地头，随处可见。公园里，它常与无患树毗邻而居，也常因二者果叶相似而被误认。单位院子的花坛里，也长了一小棵，想必是墙外落进来的种子。苦楝生命力强。春天，高大的苦楝树下多见其幼苗，便想，旷野中，道路旁，应有不少苦楝皆非人们有意种植。而它们，就这样随遇而安，自顾自努力生长起来。因其树冠疏朗有致，故显身形高挑，样貌秀丽。我从前只知香樟木是做家具的好材料，没曾想，枝丫纤细柔软的苦楝，其木材纹理精美，质地柔韧有光泽，同样是做家具的好材料，还可制作乐器，又如樟木一般，有香气，抗虫蛀。故有爱苦楝之人，觉得苦楝春花苦香，夏叶繁茂，秋果满枝，冬日枯枝又颇具书法意味，极宜观赏。

苦楝，又称楝枣树、紫花树、森树。其皮、叶、子、花皆可入药。树皮或根皮入药，有毒，可疗癣。其叶，有毒，清热燥湿，可止痒。其子，有小毒，行气止痛。其花，清热祛湿，可止痒。均味苦，性寒，可杀虫。也有人说，其嫩芽和新叶可当野菜炒食或煮汤。我只知道人们爱采香椿嫩芽炒鸡蛋、拌豆腐，却从未见有人去采苦楝的嫩芽吃。倒有老辈人，在孩子被蚊虫叮咬时，摘几片楝树叶，揉出汁液涂抹，以止痒消炎。

在印度有一种苦楝，与我们的苦楝同科属，叫印度楝树。从它的果实中提取的印楝素，是极好的杀虫剂，且没有抗药性。印度当地产的洗发液中，亦多含苦楝成分。在印度及东南亚的印度人商店，还能买到约二十厘米长的印度苦楝枝，叫“尼姆”。先不停地把树枝咬到开花，再用开花的那一面轻轻刷牙，可清洁牙齿，亦有防蛀牙的功效。

苦楝花开起来奋不顾身，一开一树，又痴又憨。一朵苦楝花不及一枝苦楝花好看，一枝苦楝花不及一树苦楝花好看，一树苦楝花又不及一片苦楝花好看。

但是，那些看得见一朵苦楝花开、闻得见一朵苦楝花香的人，心里住满慈悲。

莲

莲，又称荷、芙蕖、鞭蓉、水芙蓉、水芝、水芸、水旦、水华，还有溪客、玉环的雅称，未开的花蕾称菡萏，已开的花朵称鞭蕖。水字头的别名无不道出莲远居水湄的特点，而我最不喜水芙蓉之类的叫法，这样叫，莲就成了别人的影子。我喜欢莲，也喜欢荷，它们都是念着念着就让人静下心来的名字。

莲的身段真是极好看，既有袅娜娉婷之姿，亦不失挺拔，仿佛踮了脚尖便可翩翩起舞。从出水开始，莲总是保持着优雅的身姿，最后却将苦苦的心事藏于莲子深处。再多的赞美都不及一个懂得，世间写莲的诗词那么多，而席慕蓉那首《莲的心事》，却叫人读一回，心疼一回。“风霜还不曾来侵蚀/秋雨还未滴落/青涩的季节又已离我远去/我已亭亭/不忧/亦不惧”，莲在恰好的时光里盛开。可惜，世间多缺憾，“无缘的你啊/不是来得太早/就是太迟”。儿时，母亲会拿小锤子轻敲莲子，取出那枚小小莲心，装入茶罐，用以泡茶，说是去火。我在一旁看着，忍不住捡一枚尝尝，真是苦不堪言！如今，终于明白，原来莲的心事那么重。

“出淤泥而不染，濯清涟而不妖”，在我看来，莲是一个内心和外表一样干净的女子。从浅夏的小荷尖尖，到盛夏的荷叶亭亭，一如从豆蔻到成年。莲实在是懂得打扮自己的，莲叶上脉络由粗到细，错落有致，其波状边缘，又平添几分灵动。一泓清水中，莲叶柔和地绿着，凝玉般舒展，那是能抚慰人心、使人安静的绿。素来妩媚的江南，少不了莲的身影。

房前、屋后、院子里，若植了莲，清雅之气顿生。唐代施肩吾曾写《夏雨后题青荷兰若》：“僧舍清凉竹树新，初经一雨洗诸尘。微风忽起吹莲叶，青玉盘中泻水银。”这夏日的雨，落在莲叶上，也落在诗词里，干净，清凉。

莲是圣洁的，它从《诗经》中迤逦而来，宛若临水照花的仙子：“山有扶苏，隰有荷华。”亭亭而开的莲花，绽放于碧波之上，有态，有神，有趣，有情，近看远观皆动人。莲花多为粉色与白色，杨万里有诗云：“红白莲花开共塘，两般颜色一般香。恰如汉殿三千女，半是浓妆半淡妆。”或红或白的莲花自带静气，淡妆浓抹皆相宜。赏莲，宜清晨，宜黄昏，宜午后，宜月下，宜雨中……唯独不宜喧闹。张岱《西湖七月半》写看月之人，有“身在月下而实不看月者”，也有“月亦看，看月者亦看，不看月者亦看，而实无一看者”。如今赏莲之人，也大多如此，少了份清寂之心，也就难得其美。其形其色皆极娟好的莲，其香亦是柔软的，清新绝尘，余韵悠长。静心赏莲之人，自会沾染一身清香，以至于我常觉得，赏过莲花，便很长时间不宜再看别的花，犹如黄山归来不看岳。

而留存莲之清香最好的办法似乎就是制作莲花茶。清人沈复《浮生六记》里记载：“夏月荷花初开时，晚含而晓放。芸用小纱囊撮茶叶少许，置花心，明早取出，烹天泉水泡之，香韵尤绝。”其实，莲花茶并非陈芸首创，元代书画家倪云林的做法似更繁复一些：“莲花茶，就池沼中，于早饭前，日初出时，择取莲花蕊略绽者，以手指拨开，入茶满其中，以麻丝缚扎定，经一宿。次早，莲花摘之取茶，用纸包晒。如此三次，锡罐盛贮，扎口收藏。”倪云林直接将茶倒入花蕊中，许是一次不足以盗得莲花香味，反复了三次。此法固然能让茶叶均匀吸收花香，可每次都得摘花取茶，未免太过奢侈，叫人颇不能接受。我想，陈芸对此一定是动了心思的，她将茶包在纱囊里，次日直接取出，故不必损了莲花。如此，于清贫生活里，亦不失情趣的陈芸，又让人增添几分敬佩。

作家周瘦鹃也曾在一篇小文中记过一次茶会。茶会上，有人于前一晚用桑皮纸包了十余包碧螺春，置于园里盛开的莲花中，次日一早取出，茶会开始时，一一冲泡，“起先并不觉怎样，到得二泡三泡后，就莲香沁脾了”。如此内敛，才合了莲的品性。带了荷香的茶，我未曾尝过。但我吃过荷叶蒸糕。小时候，父亲的朋友带了正宗的缙云红糖发糕，底下都是铺了荷叶蒸的，吃起来韧劲十足，且带了荷叶的清香，叫人欲罢不能。

莲之叶、叶柄、花蕊、花托皆可入药，能清热止血；莲心有清心火、强心、降压之功效；莲子可补脾止泻、养心益肾；莲藕可作蔬菜食用或制藕粉。那年暑期，前往福建时，途经江西，偶遇大片的莲，开满了粉色的莲花，美得让人不由自主地屏息静气，那是我见过的最为盛大的莲的花事。而在福建宁德，朋友带我们赏莲花，摘莲蓬，还为我们设了别致的莲花宴，那些好听的菜名已全然忘却，可是鲜榨莲子汁的清香、莲花天妇罗的酥脆、蜜糖蒸莲子的甜糯，还清晰如昨。

莲寿千年。2015年，河南开封的小河寨村，有人于八九米深的地底下挖出了莲子，据推断，应是宋代留下的。若真如此，这些种子已经历近千年历史。它们中有一些经人精心培育，顺利发芽生根长叶。近千年的光阴流转，人已经走了一茬又一茬，而莲子竟保有如此顽强的生命力。这些重见天日的种子，别说于千年之后跟它们的后代相遇，就是我们外人想着，也会百感交集。只是，再怎样长寿，莲终究抵挡不住枯萎。“干荷叶，色苍苍，老柄风摇荡。减了清香，越添黄。都因昨夜一场霜，寂寞在秋江上。”山寒水瘦的秋冬，繁华落尽，莲那些曾经一点一点打开的花瓣，又一片一片掉落，或落于荷叶之上，或落于水中，终至于最后一片花瓣、最后一枚花蕊皆落了去。许是那要等的人未曾出现，又许是于世间的愿望未曾实现，莲便将所有的心事紧紧包裹，藏于莲心。卷曲的莲叶也渐渐低垂，那是和出生时相反的方向。一株株残荷，或弯曲如弓，或浮于水面，无论何种姿态，都是一幅幅水墨写意图。我见过的最美的残荷，是在西湖边。纤枝枯瘦、孑然如鹤，枯而不朽，凋而不伤。它们，已抵达至简之境，在风雨中，站成一道绝美的风景。

荷尽已无擎雨盖，好在，可留残荷听雨声。而能于残荷边一起听雨的，都是知音。

络石

絡石

若女人真是水做的，那么，这世间，有一类女子必是清水做的，她们有女子特有的清香，又柔弱得恰到好处，还坦诚到毫不掩饰自己的依赖：如果可以，我想依附于你，但我不会伤害你；如若不可以，那我也能换个方式活下去。她们的骨骼不是长在身体上，而是长在灵魂里。

看到络石，我便想起这样的女子来。

北宋词人柳永曾这样写茉莉花："浸沉水，多情化作，杯底暗香流。"茉莉花茶是如此婉转细腻，若是捧得一杯在手，必能应了老舍所言"有一杯好茶，我便能万物静观皆自得"。若把茉莉，换成风车茉莉呢？若我告诉你，是夹竹桃科的风车茉莉呢？也许万物再难"静观皆自得"，毕竟，夹竹桃有毒。

风车茉莉，是络石的别名。络石之毒，在其汁液。其实，这世间，有毒的植物并不少，你一出门，无论往前往左还是往右走，都可能遇到，比如南天竹、紫藤、含羞草、黄杜鹃、天竺葵、牵牛花、郁金香……许多植物的所谓毒，其实多指药物的偏性，并非真正的毒性，不误用，不误食，并无大碍。我们也不必因此顿觉步步惊心，抑或避之不及。

络石，夹竹桃科藤本植物，因其包络石木而生，故名。听说，在苏州的虎丘，林子里满是络石，它们或成为绿色地被，或遇树则爬，缠绕于树枝。我去虎丘已过多年，不知那时的虎丘是否已经长满络石？如若是，那么，当年我们真是无缘对面不相逢了。

跟络石的相遇，让我有些羞愧。再过四个月，我就已经在这家单位的大门进进出出满四年了，可我竟是在第四个年头四月份的最后一天，才于门口的绿化带里发现络石。彼时，我并不知晓它叫什么，只是被它小巧的白花所吸引，才不至于如往常一样急着左拐、出门、回家，而是径直走向那缠绕于高过人头的红叶石楠上的一丛白花。

我相信络石绝不是第一年出现在这里，也不是第一年开花。只是，我总觉得太忙了，忙得与美的事物擦身而过都没察觉。说起来似乎也是，往年的三四月，我忙于组织接踵而至的各项考试，闲心亦随忙碌而亡。今年，考试或被取消，或被延期，相对空闲。那日，出差回来，处理完琐事，想着接下来的五一假期，心情自是比平日悠闲了几分，小白花就这样闯进了视线。但是，说到底，是得闲，还是被困，只在这心门的开与关之间，不能全推诿于事务繁忙。

面对眼前的小白花，我习惯性地凑近闻了闻，那是一种深远而清淡的味道，像江南雨巷中打着油纸伞的姑娘的背影，萦绕于心难以忘怀。这世间，开白花的植物那么多，却各有各的香，真是妙不可言。“风车满墙挂，缘是络石花”，这小巧玲珑的花，五片花瓣深裂至底，瓣瓣反卷，右向旋转排列，俨然就是迷你小风车。

我亲眼见证了络石的攀缘能力，它们从墙根爬上石头，又爬满绿化带里所有的红叶石楠，并越过石楠，垂挂下来。络石不放过任何一个够得着的依附物。绿化带尽头，是跟绿化带构成九十度直角的一排拦网，拦网一角，亦爬满络石。五月，开满白花的络石就在拦网上随风飘荡。透过被络石慢慢缠绕的拦网，我看到了络石的野心，也想起了那些默默努力的女子。但络石缠绕的姿势是轻柔的。它并非寄生，也不强势，对于被它所缠附的植物，它们大大方方地表现出自己的依赖，却从不死缠，更不把对方缠死。这是一种让人舒适的共生关系。我曾在西藏见过那些看似柔柔弱弱的松萝，却把许多高大的树木缠得透不过气来，最终窒息而死，而它们自己却逍遥于枯萎的枝干上，叫人看了忍无可忍。听说热带有一种榕树，能将所缠植物层层包住，最后淹没不见，人称绞杀榕，听着也颇吓人。这样看来，络石真是温和的植物。

络石的别名有很多，风车茉莉只是其中一个，也是被人叫得最多的一个。许是因了其花馨香迷人，才冠之以“茉莉”二字，再加上花形如风车。有人说，其花亦如梵文中的“万”字，故又称万字茉莉。尽管我一再地告诉自己，也一直认为，叫什么名真的不太重要，却总觉得这两个别名，实在不够讨喜，仿佛一个灵气十足的姑娘，偏偏取了个毫无意趣的名字，叫人听着深觉可惜。相较而言，倒是其他别名，比如棉絮绳、石血、石龙藤、沿壁藤、钻骨风……更耐人寻味一些。不过，它还有一个别名，称耐冬，叫人有些匪夷所思，络石明明不太耐寒，为何这样命名？

络石原先只有白色，清清凉凉的白花，随意地攀缘于园林中的古树、村边的墙上、溪边的岩石上。因其香气迷人、浪漫小巧，已成网红植物。我对网红向来不以为意，但能想象长满络石的园林，必会多出几分浪漫与生机。听说有一种紫花络石，非常漂亮，只是极为少见。荷兰还培育出了粉色跟黄色的络石，价格不菲。立夏刚过，单位门口的地上已铺满细细碎碎的香樟花，那香气也日渐隐去，而络石的花香终于得以彰显。若没这棵大香樟，也许络石能以香气早日进入我的视线。与络石相遇后的两三日，看到一个视频，宁波雪岙村二十来米高的枫杨上，包络着密密麻麻的络石，形成盛大的花瀑，如一帘幽梦，摇曳于风中，真是美不胜收。那花香，定是浓烈而袭人。若是在院子里种上络石，让它们攀爬成一架花墙，初夏，便可坐于花墙边，喝茶，看书，发呆，闻花香……

同是络石，若在石间者，叶细浓而圆短；绕树生者，叶大而薄。络石还是一种常用中药，始载于《神农本草经》，其根、茎、叶、果实供药用，有祛风活络、止痛消肿、清热解毒之功效，我国民间常用来治关节炎、肌肉痹痛、跌打损伤、产后腹痛等。《要药分剂》中记载："络石之功，专于舒筋活络。凡病人筋脉拘挛，不易伸屈者，服之无不获效，不可忽之也。"陈藏器在《本草拾遗》中称："在石者良，在木者随木性有功，生山之阴，与薜荔相似。"另一种说法则更为直接：络石者，佳；络木者，无用。看来，就药效而言，包络石头生长的要比包络树木生长的品质优良。络石茎皮纤维拉力强，可制绳索、纸及人造棉。其花芳香，可提取"络石浸膏”。

这世界，美好的人和物那么多，我们无法预知生命中的每次遇见，更无法一一遇见，幸运的是，总有一些遇见，会镶刻在我们的生命里，让我们在不知不觉中，感觉到温暖与美好。

灵芝

赤芝

常见的清供之物，或节令花卉蔬果，如蜡梅、水仙、香橼、佛手；或吉祥之物，如柿子、石榴、松枝、如意，当然，还有灵芝。

灵芝，以仙草的名义，在我和小伙伴心里存在了好多年。仙草，意味着能起死回生，也能使人长生不老。其实，津津乐道于食了灵芝可以长生不老的，远不止我和我的小伙伴，还有从前那些相信传说的淳朴而善良的人们。这样的传说也并非空穴来风，据《水经注》记载，距今五千年前，炎帝幼女瑶姬夭折后，“精魂为草，实为灵芝”，这是灵芝传说的起源。

最初知道灵芝，是因了白娘子。《白蛇传·盗仙草》中，白娘子前往峨眉山（一说昆仑山）盗取能起死回生的千年仙草，救活了许仙。这千年仙草，便是灵芝。那时我相信，死去的人，魂魄是飞走了的，许仙之所以起死回生，是因其服了灵芝后，魂魄又回到了身体。所以，在我儿时的心里，灵芝还有另外一个名字——还魂草。当然，我现在知道了，灵芝的别名有很多，比如赤芝、红芝、丹芝、瑞草、木灵芝、万年蕈……

其实，灵芝还叫什么又有什么要紧呢，要紧的是，它救活了许仙，曾经，我们大家都为此松了一口气，并觉得这是一件值得高兴的事。然而，光阴荏苒，我也早就过了相信传说的年龄，而且，我再也无法如从前那样为白娘子救活许仙而兴高采烈了。婚姻如同鞋子，只有穿鞋人知道幸福与否，这样的道理我自是明白的，但如今看许仙，未免觉得他太懦弱，似乎爱得不够坚定，用我家乡的话说就是耳朵骨软，这便让我开始为白娘子抱起不平来。这样的许仙，即使还过魂来，那又怎样？当然，白娘子那么希望救活他，许仙是该还过魂来的，只要她喜欢就好。只是，爱要值当，一个男子，虽善良，却无主见，总还是不够的。白娘子倒是果敢，极具勇气，而勇气背后的爱，更是叫人感动。

传说已远，但传说中的灵芝并未走远，只是渐渐褪去神秘色彩，还原出作为药材的本来面目，并受到越来越多人的青睐。《神农本草经》将灵芝列为上品，分成六类，对其功效记录颇为详尽，成为最早记录灵芝药理作用的典籍。《神农本草经》根据中医阴阳五行学说，按五色将灵芝分为赤芝（丹芝）、黑芝（玄芝）、青芝（龙芝）、白芝（玉芝）、黄芝（金芝）五类，即称五芝，此外附紫芝（木芝）。并对这六类灵芝的性味及主要功效亦清清楚楚列出。这六芝，皆“久食，轻身不老，延年成仙”。服用灵芝能轻身延年是肯定的，但成仙应该是不能的，一辈子无病无灾，寿终正寝，也算是另一种意义上的成仙。明代之后才开始在“芝”前冠以“灵”，其临床使用在宋代达到高峰，临床方书《太平圣惠方》《圣济总录》《普济方》等，均出现相关成方。看来，宋人不仅风雅，亦好养生。

生长过程中，灵芝极有讲究，比如气温得不冷不热，太热了长不好，太冷了不发育；再比如在菌丝的生长阶段，不能受光，等破土产生了“子实体”后，又离不开阳光。像那些活得精致的人一样，灵芝懂得怎样提升自己的品质，清楚自己需要什么，比如，充足的氧气。若二氧化碳过多，灵芝就以长不周正的方式提出抗议，药效也不佳。对生长环境的要求近乎苛刻，再加上得经受住虫蛀和风雨的威胁，灵芝要在野外自然长成俊俏的模样，需要多少的因缘际会。难怪云南哈尼族人进山寻找灵芝前，要先举行祭祀活动。

我曾于一个叫三水潭的古村见过野生灵芝。两棵松树，高耸入云，中间段分别长出两枚硕大的灵芝。那是我唯一一次见到还在生长的野生灵芝。据村里人说，这灵芝长得极其牢固，也极坚硬，成人手攀灵芝挂于树上而纹丝不动。其实，开始萌芽时，灵芝是白色幼嫩的肉质，慢慢变成半肉质，颜色转黄，再转红，虽光鲜如漆，但不再柔软。后来颜色渐深，呈紫黑色。柔软的菌盖也随之慢慢变硬。不知怎的，竟想起那些曾经柔软的心，一遍遍受伤，一遍遍上锁，一层层包裹，一次次变硬。然而，越过重重封锁，回到那颗赤子之心，才发现，心底深处，却依然柔软如初。

后来，在福建浦城，见到了人工种植的灵芝，准确地说，是灵芝宝宝，刚冒出头，自上而下，颜色从奶黄到深褐，油光闪亮。收获的季节，整个大棚，空气中弥漫着棕褐色粉尘，迷迷蒙蒙，仿若仙境。人行其中，会觉得每一次呼吸都那么奢侈，因为这些粉尘就是珍贵的灵芝孢子粉，可美容、助眠、润肺。都说“是药三分毒”，但灵芝也和三叶青一样，性平无毒，可长期服用。有段时间，总是多梦，坚持服用灵芝孢子粉，果真睡得踏实许多。这灵芝，种植在山清水秀之地，品质如主人一般，淳朴可信。

白娘子一心想得到的灵芝，由仙鹤和吉鹿守护，南极仙翁看管。这也意味着，传统文化中，灵芝寓意着长生不老和吉祥如意。除作案头清供外，人们也喜拿它作装饰图案和画作的主题。清末画家赵之谦亦画有《古柏灵芝图》，图中能清晰看出灵芝的生活环境。除了入画、造佛像，古人更喜欢把它运用到一种器物上，这就是如意。如意最初是具有实用效果的痒痒挠，后来渐渐演化为祝颂的珍玩把件。材质亦包罗万象，有玉质、木制、景泰蓝、金银器、绿松石、红珊瑚……

突然想起朋友送的那枚灵芝如意来，我只喜其外形，并未关心过它用什么做成。

麦冬

台北故宫博物院曾有一个“盆中清玩”的小展，展出的绘画作品，基本都是纪实写生，其中有清代汪承霈的《画万年花甲》。这卷画按春夏秋冬描绘了许多时令花卉，寓意百花呈瑞，盛世升平，其中就有麦冬。

麦冬，每每念着，仿佛在喊一个模样清秀的邻家男孩。这名字，叫人喜欢而困惑，如此有意思的名字，多少有些缘由吧。后得知，南宋罗愿的名物学著作《尔雅翼》有记载：“生山谷肥地，叶如韭，四季不凋，根有须，作连珠形，似穬麦颗，故名麦门冬。”因它的地下根呈纺锤形，数个珠连，又有考据者推测，“冬”字就是其地下根茎的象形。

除麦门冬外，麦冬亦称寸冬、细叶麦冬、韭叶麦冬，主产于浙江、四川，故有杭麦冬、川麦冬之称。在河南禹州又有“禹韭”之称，传说大禹治水成功后，地里的庄稼丰收了，老百姓的粮食吃不完，大禹就命令把剩余的粮食倒进河里，河里便长出了一种草，即麦冬。由于此草产于禹州，叶窄而细长，形似韭菜，故称“禹韭”，也称“禹余粮”。

作为药材，抑或绿植，麦冬常常被忽略，总是被混淆。这世间，有太多的人或物，看着相似，实为不同，比如麦冬、山麦冬、吉祥草。麦冬叶片纤细，花也开得含蓄，低低地垂于叶丛中，是浅浅的紫，淡雅得很，只有成片成片开花，颇有阵势时，才会惹人注意。麦冬一生最为风光的时刻该是结果之时，果实宝蓝，像是青金石的珠子，最为惊艳。只是，其果也是低垂于叶丛中，只有扒开叶片，才得以看见。看着蓝得有些梦幻的果子，恍惚觉得于草丛中捡到了宝石手串。若剥开其蓝色外衣，则露出一枚白色半透明的种子，似珍珠一般。山麦冬相对魁梧，叶片稍宽，花色紫红，花串高高伸出叶丛，果子如黑宝石，珠圆玉润，油光可鉴。吉祥草叶片似山麦冬，开红花、结红果。看来，忽略或混淆，皆因用心不够。

这三种草木，终年常绿，哪怕遭遇寒潮、被大雪覆盖，依旧郁郁葱葱。它们的叶片柔顺茂密，耐阴、耐踩踏，多种于林下、路旁，堪称阴生植物三宝。只是它们在进化过程中，各自打磨自己，长成各自的模样。它们同是中药材，只是吉祥草更多地被用于宗教仪式。山麦冬为山麦冬属，麦冬为沿阶草属，故麦冬也叫沿阶草。在沿阶草属中，麦冬是一个特例，因为它的同属亲戚基本上都以“××沿阶草”为名，只有它孤独地被叫作“麦冬”。

在去往图书馆的路边，一侧种了山麦冬，一侧种了麦冬，倒是方便了有心人辨识，不知园林设计者是有意为之还是无意而为。我喜欢走那条路，不只是因为那里还存有一些旧四合院，是小城最后一抹古意，还因了那些葱翠可人的麦冬和山麦冬。麦冬花期 5~8 月，果期 8~9 月；山麦冬花期 5~7 月，果期 8~10 月。因了它们，那条路便有了长长的花期，浅紫和红紫，淡雅和浓烈，叫人徘徊复徘徊，流连不前。

在人们眼里，麦冬一直被视为生于阶沿、用为上品的养生佳品。《神农本草经》称麦冬可养阴润肺，言其“久服轻身，不老不饥”。麦冬味甘、微苦，性微寒，具有滋阴生津、润肺止咳的功效。更为难得的是，麦冬能改善心肌收缩力，对心肌细胞具有保护作用，由它作为主要成分的生脉散药剂，在一定程度上能达到“生脉”或“复脉”的效果，故又称为“不死药”。最让人动心的，莫过于麦冬有“清心除烦”之功效。然清心，必得先寡欲。物质丰裕了，难免多吃，身体负担过重，便开始抗议，还好有如麦冬之类草药可以解救。然而，若心里想要的过多，便会活得沉重，这恐怕不是几味中药解救得了的。人生在世，有太多的责任、太多的不得已、太多的不自由，但我们有少要一点的自由。其实，草木有灵，比人智慧，不说吾日三省吾身，我们至少也该时不时问问自己是否想要的太多，也算不枉了麦冬“清心除烦”的一片苦心。

麦冬之中，“杭麦冬”品质最佳，又称“笕麦冬”，为有名的“浙八味”之一，是道地药材。其根茎半透明，两端钝尖，中部肥满，外表淡黄色，有不规则纵皱纹。气微香，味微苦，横断面中央有细小的木质部，嚼之有黏性。麦冬可代茶饮，若加些党参，则可补气。与沙参、枇杷叶一起，沸水冲泡，加盖闷十五分钟，代茶饮，一天两次，可治秋燥咳嗽症。清代吴鞠通在其《温病条辨》中有一名方“五汁饮”，其中就有麦冬汁，另外四味分别是荸荠汁、鲜藕汁、梨汁、鲜芦根汁，可生津止渴、清热泻火。

作为绿植的麦冬，仿佛日历中多数平凡的日子，普通而不可或缺。草木麦冬的存在，仿佛淡淡的光，虽不热烈，却也不会轻易熄灭。达·芬奇说："去观察，观察暮色里还有阴天里，街上男男女女荡漾着的可爱和温柔。"我倒觉得应该去观察，观察轻云薄雾中的麦冬，观察浓霜烈日下的麦冬，想想如它们一样走过春夏秋冬、开花结果的草木，是一种平凡而动人的浪漫。

江承霈的《画万年花甲》图卷，麦冬位列其中，叫人甚是欣慰。然台北故宫博物院的人，却错把麦冬当成菖蒲，叫人不免略感遗憾。据考证，《画万年花甲》应是在江南完成的作品，时间在乾隆第六次南巡，写生的则是江南的盆景。那么，观此画卷则能略知当时的江南盆景面貌。麦冬能被植于盆中，与海棠、桃花、月季、蜡梅一起，作为清时盆景代表，也算得到江南人的宠爱了。

木槿

夏至已过，木槿正荣。

只是，这个雨季太过名副其实，六月尽，小暑至，却无出梅的意思。这样的日子，许多木槿花就得背着沉重的身子过完它在树上的最后时光。

盛开，就意味着凋零，是木槿最为妥帖的写照。李商隐的“可怜荣落在朝昏”，崔道融的“槿花不见夕，一日一回新”，莫不道出木槿朝开暮落的特点，故有人直接称其为朝开暮落花。李时珍在《本草纲目》里说：“此花朝开暮落，故名。日及、日槿、日蕣，仅荣华一瞬之义也。”及，意为赶上，是木槿在追逐日光，还是命名者在提醒人们，须于白天才能赶上木槿最美的时光？虽然一朵盛开的木槿花只有一天的生命，但它们前仆后继，日日不绝，生机勃勃，故在韩国有无穷花的美称，也是韩国的国花。

木槿花有粉、白、红、蓝、紫等色。我常见的那种木槿据说叫牡丹木槿，红色，重瓣，乍看跟牡丹有那么点相似，可是，若非别人这么叫它，就凭它的模样，是很难让人联想到牡丹的。在我看来，单瓣的木槿花，清新雅致，复瓣的木槿花偏于外围的五片花瓣当中多出些细细碎碎的花瓣来，好像一个人，打扮得略微过了头，少了分清爽。但，也有例外。重瓣的白木槿，那花瓣中的花瓣，再怎么细碎到难以数清，也不至于给人不够清爽的感觉。不禁感慨，得体有多重要，人和花一样，长得好看的，怎么打扮都不为过，不然，就得多讲究点分寸。

这样说木槿，未免太过苛刻。事实上，木槿花总归是好看的。《诗经·郑风》曰：“有女同车，颜如舜华。将翱将翔，佩玉琼琚。”舜，就是木槿，跟“我”同车的那个女孩，脸蛋如木槿花般漂亮，随身佩戴的美玉亦晶莹闪亮——真是爱屋及乌，这女孩定是“我”心仪之人。这样的女孩，简直秀色可餐。

而好看的木槿花，是可以吃的。在我的记忆中，将花堂而皇之置于菜场里卖的，并不是很多，比如紫藤花，比如山栀花，它们都是用水焯熟后，浸泡于凉水中。木槿，卖的却是鲜花。我几乎没有摘花的习惯，但是焯熟的紫藤花和山栀花倒也买过几回，却从未买过木槿花。木槿花的吃法据说有很多，可煎可炸，可煮可炒，还可凉拌，亦可捣成花泥，加入饮料，做成木槿花汁。来自英国的立德夫人，跟丈夫在中国生活了 20 年，她在《穿蓝色长袍的国度》中这样记录：“今天我终于发现了这些农民种木槿的原因，他们去掉木槿花萼，剥开花苞，取出雄蕊，做成一种清凉解暑的饮料。”这已是 100 多年前的事。用木槿花煮粥，除了脆爽，似乎没有特别的感觉。若将它和了稀面，撒些葱花，下油锅煎炸，倒是香脆无比。这些都是听说而已，未曾尝试，但我吃过类似做法的丝瓜花、南瓜花，那味道倒也能想象几分。前辈曾用它煮豆腐，说是煮熟的花跟豆腐一样软滑鲜嫩。有一次，菜场里有个阿婆，拿着一篮白木槿花跟着我，让我买了煮肉跟豆腐，说女人吃了很好。看其鲜润饱满的样子，应是早上刚刚采摘的。可我听说白木槿花性凉，而我偏偏体寒，一碰过凉的东西便胃疼，久而久之，对寒凉之物本能地敬而远之。现在想想，当初是该买了它的，即便不吃，也可另作他用，且不至于每每想起，总觉得辜负了老人家一番心意。

木槿，其名其形，皆如邻家姑娘，朴实无华得能让人从中呼吸到浓郁的乡土气息。一片青天下，一弯流水穿行而过，一方村庄坐落其间，屋舍俨然，墙是土墙，瓦是黑瓦，一丛槿篱，木叶初生……木槿最宜长于乡间。木槿也确实常被用作绿篱，其枝条柔韧，如结香一般，可打成结而不折断。夏天，一朵朵木槿花从枝头冒出，绿篱渐渐变成花篱，朴实中平添几分浪漫。最喜杨万里《田家乐》中的描写："稻穗堆场谷满车，家家鸡犬更桑麻。漫栽木槿成篱落，已得清阴又得花。"这样的丰收场景遥远而亲切，而末句"已得清阴又得花"，每每叫人思之欢喜。若与邻居以木槿为篱，似隔非隔，哪家做了好吃的，开了新酒，隔篱呼取，这该多好。

木槿花是药食同源的良才，味甘性凉，可清热利湿、凉血解毒。木槿的枝、叶、茎、皮均可入药。听说有的地方七夕节有采木槿叶洗头的风俗。姑娘们用纱布包裹木槿叶，在水中来回揉搓，待泡沫生发，便可用来洗一头秀发了。也有节俭的人家，平日里洗头，都是随手于篱笆上抓一把木槿叶的。以木槿叶洗头，除去清洁，还有一定的药效，但更令人动心的是，可随要随取，摘了叶子，一片片洗净，再慢慢揉捻出汁液，这样的返璞归真，本身就是一种修行。

茶花这种花，凋谢时绝不是一瓣瓣掉，而是囫囵滚落下来。其实，木槿也是一样，它的凋谢也不是一瓣一瓣地袅娜随风，而是合拢了花瓣，状若待放的蓓蕾，于斜阳暮色中，从芳菲的枝头落入尘埃。那条栽满木槿的路，我每天几个来回，走了二十多年，见过太多的盛开与凋落。从实习到分配，二十几年未曾挪窝。我曾开玩笑说自己是嫁不出去的女儿，这所淳朴得如木槿般的学校是我唯一的娘家，可我终究还是离开了。而今，路还是那条路，心情已全然不同。六月，仿佛忙得没边，对于曾于上下班路上常见的木槿，心心念念了无数回，终于在一个蒙蒙细雨过后的下午，走上那条熟悉的小路，如愿以偿地看到了盛开的木槿，同时也看到了满地的落英。忽然想起那个为丢失蓍草茎发簪的妇人，当她告知孔子哭泣的原因时，孔子深感不解，因为她面前明明还有大把蓍草，再做一枚又有何难？而妇人答曰："非伤亡簪也，吾所以悲者，盖不忘故也。"妇人难过的哪里仅仅是蓍簪，更是它身上的旧时光啊！

木槿花开得匀称，枝枝叶叶间错落有致。枝头上，花瓣舒展，肆意盛放；地面上，花瓣蜷缩，了无生机。一个是另一个的前生，一个是另一个的结局。这些花儿，虽曾同生一树，却各自安好，各自经历苦难，各自体悟悲欢，但终究，它们要殊途同归。凋落，是所有花儿的终极归宿，先开的先落，后开的后落，似乎谁也违背不得。

若真这样，倒也罢了，可偏偏意外那么多，有些关乎生死安危的考验，已远远超出我们的精神储备。于木槿花而言，这没完没了的雨，和那来过的、将来的狂风，都是意外。那天出差到乡下，同行的女伴突然感慨：人生的底色是悲凉的。我竟几日为之耿耿，挥之不去。谁说不是呢？叹世间，那么多人与物，命运多舛，磨难频频。就像树上盛放的木槿花，在这个充满未知的世界里，它们又有怎样的能力，改变自己一日一生的短暂命运？于这一日里，若得安生，已属幸运和奢侈，有许多花儿，根本就来不及和这个活色生香的世界从容告别。

“啪”的一声，一朵木槿重重地落于面前，除了我和同行的女儿，这世间，还有谁能听见它的凋落？这跟人世是多么相像，一个人的离去，对大多数人来说，都是那么轻，轻得无声无息，只有少数关系密切的人，才会觉得很重，重得余生的呼吸都带着疼痛。

这一树树的木槿花，今天被带走一些，明天被带走一些，白天被带走一些，夜晚再带走一些，最终，树上所有的木槿花都会被带走。可是，木槿不会因此停止生长，亦不会拒绝绽放，犹如此刻这个夏天，红艳艳的木槿花，依然笑意盈盈，盛放于浓绿的枝头，像从来不会凋落一般。

茉莉

茉莉

一提起名字，香气就荡漾在鼻尖的花儿，栀子算一种，茉莉也算一种，它们和白兰花一起组成芳香四溢的夏花三白。有人说，夏花三白里，栀子最好看，只是太招虫子；白兰香气最好，却又长相普通；说到底，还是茉莉最好。

“栀子花（zī zī huā），白兰花（bá lá huā）”在江南湿哒哒的雨季里，栀子花、白兰花的叫卖声，成了最为动听、最为解愁的六字真言。有时，白兰花会被茉莉花替代。其实，这三白，只有栀子花是江南原生的，茉莉于江南只是一个错误，如同郑愁予笔下那个让人误以为是归人的过客，又仿佛丰子恺画里那一弯错了方向的新月，它们都一样，错得那么美！

“好一朵茉莉花，好一朵茉莉花。满园花开，香也香不过它……”这首《茉莉花》源自江苏民间的《鲜花调》，在歌词里舍弃了玫瑰花、金银花之后，经过多年的传唱，终把茉莉唱成了宛转悠扬的中国经典，让人愈发以为“芬芳美丽满枝丫”的茉莉，本就属于吴侬软语的江南。

《本草纲目》所记茉莉曰：“原出波斯，移植南海，今滇广人栽莳之，其性畏寒，弱茎繁枝，绿叶团尖，初夏开小白花……其花皆夜开，芳香可爱。”所以，古籍中又名抹厉、抹丽、末丽……皆从梵文音译而来。早在佛教出现之前，印度人就将茉莉花用线穿起来，戴在头上、挂在身上，作为装饰，人称“华鬘”。佛教兴起后，华鬘用于礼佛，今天在泰国、菲律宾仍有将茉莉花环供奉于佛像前的习俗。

据说，茉莉至迟于唐代已从西域传入，但唐文献中相关记载并不多，在清人搜集整理的《广群芳谱》中，几乎都是宋以后的诗文，可能茉莉在唐代并未普及。许是茉莉性不耐寒，不宜于北地种植。北宋张邦基《墨庄漫录》写茉莉时就强调了这一点："经霜雪则多死。"茉莉不仅怕寒，还不耐贫，需"壅以鸡粪"，若用烫过猪、鸡、鹅的水或淘米水浇灌，则开花不绝，正所谓"清兰花，浊茉莉"。

可这并不妨碍茉莉拥有清雅的香气。更深露密香浓，茉莉喜于傍晚或夜里开花，有词曰："清芬飘飏，偏与黄昏傍。"其香沁入心脾，不浮躁，不艳浓，难怪宋人江奎说"他年我若修花史，列作人间第一香"。

夏日，花店门口总是摆满茉莉，缀满枝头的花骨朵，像无声的吆喝，惹得人走过了还频频回头。江南多雨，一场暴雨过后，茉莉喝饱了雨水，叶片干干净净，油绿清亮。待暮色四起，花苞渐渐张开，微风徐来，驻足闻香，可解乏，可消暑。周密《武林旧事》中记载宫廷中消暑方法的《梦中纳凉》篇曰："置茉莉、素馨等南花数百盆于广庭，鼓以风轮，清芬满殿。"帝王家的生活，真是夸张而奢侈。而其《都人避暑》篇中说百姓亦用茉莉消暑，"关扑香囊、画扇、涎花、珠佩，而茉莉为最盛。初出之时，其价甚穹，妇人簇戴多至七插。所直数十券，不过供一饷之娱耳"。"关扑"是宋元时期的赌博游戏，顾客和店家约好价格，掷铜钱，以其正反面的朝向或字样之组合来判定输赢，赢可取物，输则付钱。在关扑游戏中，茉莉虽价格甚高，但依然极受欢迎。人们笃信茉莉能消暑。南宋刘克庄曾写《茉莉》："一卉能熏一室香，炎天犹觉玉肌凉。野人不敢烦天女，自折琼枝置枕旁。"

八月，在贵阳，街灯下，忽现两只竹篓，装满水灵灵的茉莉，人仿佛被钉住般再挪不动脚步。花二十元，跟好友各捧一束，心满意足，脚步亦轻快许多。插于酒店的白瓷杯里，一夜馨香，一夜好眠。这一束茉莉，后跟着我辗转于毕节、六盘水，于车上，于床头，将馨香一点点植入心里，直到一朵朵变紫，渐渐枯萎。心下疑惑，莫非还有紫茉莉？后读到"传统的中国茉莉，轻柔，花瓣白而透，老了变紫"，才释然。

北宋张邦基于《墨庄漫录》中，对茉莉不吝赞美："闽、广多异花，悉清芬郁烈，而末利花为众花之冠。岭外人或云'抹丽'，谓能掩众花也，至暮则尤香。今闽人以陶盎种之，转海而来，浙中人家以为嘉玩。"但茉莉更多应该是被用来窨茶。"窨"有窨藏的意思，约莫以花熏茶需要相对密闭的地方，以免花香逸散，杂味混入。最为著名的窨制花茶就是茉莉花茶，以绿茶为茶坯，用含苞欲放的茉莉花来窨。茶坯不同，比如龙井，比如碧螺春，可用茉莉花分别窨出龙井茉莉、碧螺春茉莉。一层茉莉一层茶，隔层摊放在同一空间。春茶与夏花，以气息慢慢融合，终至茶有茉莉香，花亦有茶香。吸附了花香的茶，有了另一个动听的名字——香片。

凡事皆有度，窨茶时，花是半含半放，蕊之香气全者为佳，量要视茶之多少而定。花多则太香而脱了茶韵，花少则不香而不尽美。待茉莉香气减弱，换上新的茉莉再窨，故有三窨一提、五窨一提、七窨一提之说，皆指窨的次数。帝王之家多奢侈，当年慈禧太后爱喝茉莉花茶，茶到了宫里，每次喝之前，都要再用新鲜的茉莉花熏一次，谓之“茉莉双熏”。不着一片茉莉花瓣的绿茶，喝着却满是茉莉清香，真是妙不可言。其实，有香无毒之花，皆可用来窨茶，比如玫瑰、蔷薇、木香、橘花、梅花……我们并不缺这些香花，缺的是那份闲情，那份雅致。

想起《红楼梦》中妙玉用梅花雪水泡茶的情节来，这梅花上的雪水究竟能盗得多少梅香呢？存放了五年的雪水，其味自然不一般，难怪黛玉说是“旧年蠲的雨水”，虽不准确，倒也有几分道理。明代屠隆《考槃馀事》里有一法，听起来似更有效：“以熟水半杯放冷，铺竹纸一层，上穿数孔。晚时采初开茉莉花，缀于孔内，上用纸封，不令泄气，明晨取花簪之，水香可点茶。”此法，若让沈复的芸娘看了，大概也乐得尝试。

茉莉属于夏天，不同地域不同身份的女子，包括酒楼里的私妓，都喜欢将它插于头上，因此遭来“淫葩妖草”的恶名。清代植物学家吴其濬估计受此影响，其《植物名实图考》称：“此草花虽芬馥，而茎叶皆无气味。又其根磨汁，可以迷人，未可与芷、兰为伍。退入群芳，只供簪髻。”张邦基《墨庄漫录》写茉莉时，引颜博文咏茉莉诗，称观其诗则“花之清淑柔婉，风味不见可知”。从“清淑柔婉”到“淫葩妖草”，茉莉的地位真是一落千丈。

不管他人怎么言说，我还是觉得“清淑柔婉”才适合茉莉，曹雪芹怕也是这么觉得的吧。记得《红楼梦》第三十八回，湘云招待众人吃螃蟹那日，黛玉倚栏钓鱼，宝钗掐了桂蕊往水里扔，探春、李纨、惜春立于垂柳阴中看鸥鹭，只有迎春，“又独在花阴下拿着花针穿茉莉花”。这样的细节，和贾家二小姐的性格是多么吻合。这个被称为“二木头”的姑娘，温柔善良、与世无争，结局却也难免悲惨，她和茉莉一样，叫人怜惜。

枇杷

枇杷

枇杷树真不惹眼，即便是开花的日子，除非果子成熟。

枇杷，别名芦橘、金丸、芦枝，蔷薇科枇杷属植物。多在秋天或初冬开花，果子于来年春天至初夏成熟，故被称为“果中独备四时之气者”。宋代赵蕃在《冬日杂兴》中亦有“杨柳迎霜败，枇杷隔岁花”之说。不知是年年如此，还是今年天气暖，反正，冬至将至，办公室北窗外的三棵枇杷树，皆满树繁花，齐刷刷的。伫立窗口，能见类似于小蜜蜂的虫子，从一朵花飞到另一朵花，偶有花瓣掉落，小小的，轻轻地。

凡是花，皆有其美。但枇杷花几乎动摇了我这个信念，并使我不得不承认，其叶远比花更具美感。究其因，枇杷叶形似乐器之琵琶。枇杷入画，许是因了这枇杷叶。齐白石画枇杷叶，为了表现上面的锯齿，用浓墨在叶子周围打点，有人说，跟打鼓似的，十分好听，颇为生动。再究其因，便得归罪于花梗上密密麻麻的绒毛了，锈色，让人不由自主联想到春日里梧桐树上掉落的呛人的绒毛。苏州有种模仿它的小点心，江米条油炸后挂一层白糖，曰“枇杷梗”。这多少减却我几分不喜之情。然而，我这样想，终归是浅薄，枇杷花就是枇杷花，联想到什么，皆人之所为，又关它什么事呢？只是，小雪已过，大雪也走了，小寒来过，大寒又至，院子里还有枇杷花开在树梢，叫人不由得生出几分敬佩来。

枇杷花可入药，有清热解毒之功效，故有人用它泡茶、煮糯米粥，或炖排骨汤。有人说，枇杷花茶尤宜炎热的夏季服用，可枇杷多于秋冬开花，怎样存到来年炎夏呢？遂想起清人顾仲《养小录》中“暗香汤”所记贮存蜡梅的方法来：“腊月早梅，清晨摘半开花朵，连蒂入瓷瓶。每一两，用炒盐一两撒入，勿用手抄坏。箬叶厚纸密封。入夏取开，先置蜜少许于盏内，加花三四朵，滚水注入，花开如生。充茶，香甚可爱。”收藏枇杷花或许也可效仿此法。

枇杷花开得极密，成熟的枇杷果子亦成束挂于树上，或椭圆，或圆形。宋杨万里曾有《枇杷》诗云：“大叶耸长耳，一梢堪满盘。”枇杷表面被有绒毛，未熟时青绿色，有芳香，成熟后外皮呈淡黄或橙红。买枇杷时，懂行的人往往凭绒毛多少判断新鲜与否，这也是卖者总不乐意让主顾们随意翻动挑拣的原因，脱了绒毛的枇杷就无法证明自己是新鲜的了。

橘生淮南则为橘，生于淮北则为枳。生于南北的枇杷亦有不同的外形和风味，南方枇杷树形开张，叶片大、果实大，开花期和成熟期一致，但风味稍淡；北方枇杷树冠扩展极慢，叶色绿，叶片、果实相对较小，开花期和成熟期不一致，而果色和风味较浓。在这不算太南的南方，有红枇杷和白枇杷。光看外表，橙红色的果子似更诱人，但其肉质过于密实；白枇杷果皮薄，肉质细，口感更佳，价钱也比红枇杷好。从个头看，还有一种很小的枇杷，称谓前被冠以“土”字。那次朋友连枝带叶送来一袋土枇杷，个头极小，味道之浓郁却非其他枇杷所能及，之后好长一段时间，再吃其他枇杷，便总觉淡了些。又想起女儿自于朋友家吃到个小味浓的金橘后，几乎不愿再碰其他金橘。想来，生活中能让人如此“曾经沧海难为水”的吃食亦是不少，水果也不例外。

我未摘过枇杷，但结了果的枇杷树倒也常见。尤其是近年，新单位的北窗外，三棵高大的枇杷树，每至五月，枝上便挂满果子，真真应了“绿萼经春开笼日，黄金满树入筐时”的美景。只是，这些枇杷树虽已快将枝头伸进了我们的窗口，却属另一家单位，我们眼见着满树黄金日渐稀少，却从未见过他们采摘，许是我没注意，又许是人家选了周末采摘。总之，最高的枝头上还会剩几枚果子，可以让我们看上好久，最后是自然掉落还是被鸟儿所食，亦未可知。

苏轼曾有诗云：“罗浮山下四时春，芦橘杨梅次第新。日啖荔枝三百颗，不辞长作岭南人。”从前，后两句是很熟的，却不曾想，其中“芦橘杨梅次第新”的景象，在我生活的地方亦是如此，当然，我们只是在菜场的摊贩那里感知此种景象。这些摊贩，多来自隔壁的仙居县，他们总是在五月前后，挑着一箩一箩的枇杷，分布于菜场外的街道或小城的各个街口。或红或白的枇杷，在铺了黑布的箩筐里，分外显眼，昭示着初夏的来临。枇杷卖完后不多日，杨梅便上市了。还是这些箩筐，还是这些面孔。在众多的摊贩中，有一张“满面尘灰烟火色”的面孔，给我的印象最深。他每每自在地蹲于筐边，不像别的摊贩那样总是紧张地护着枇杷，不让主顾随意翻动挑选。这也就罢了，他还不停地叫人尝一个再尝一个。这应是世间少有的豁达之人，他卖的水果，吃着放心，亦暖心。

忘了是哪一年开始吃到的枇杷，但可以肯定的是，儿时村里的水果品种屈指可数，除却桃子、李子、柿子和梨，并无枇杷。偶有人家房前屋后有棵苹果树或者樱桃树，已叫我们歆羡不已，故印象颇深。记得吃枇杷时，母亲告诉我们“枇杷好吃核成堆”，我们听后亦颇有同感。枇杷核虽大，却不粗俗，乌亮炯炯，如童子眼神。被随意丢弃的枇杷核，很容易发芽。我家的后门外，就曾有过一棵自然生长的枇杷树，可惜，随着老村改造，它并没跟我们一起搬到新房边上。后来在经常散步的溪边，一丛沿阶草旁，见一大一小两棵枇杷树，筷子粗细的枝干，猎猎寒风中，老叶浓绿深沉，新叶翠绿鲜嫩，依偎着路灯，画面温暖而美好。这些随处发芽、随遇而安的枇杷树，不知有几棵能长成并开花结果?

枇杷果子好吃，其叶的止咳功效，亦为大多数人熟知。枇杷露、枇杷膏，皆为有名的止咳良药。记得女儿才几个月大的时候，因为咳嗽，母亲便摘了枇杷叶，洗净，涂上蜂蜜，放锅里烤，一遍遍涂，一遍遍烤，最后剪碎了泡茶给她喝。后来，看到《延禧攻略》里魏璎珞在帮愉贵人找出害她流产的凶手时，说“枇杷老叶无毒，新叶有毒”，我大吃一惊。查阅资料，看到这样的说法：“枇杷叶亦是中药的一种，以大块枇杷叶晒干入药，有清肺胃热、降气化痰的功用，常与其他药材制成‘川贝枇杷膏’。但枇杷与其他相关的植物一样，种子及新叶轻微带有毒性，生吃会释放出微量氰化物，因其味苦，一般不会吃到足以致命的分量。”是药三分毒，道理都懂，只是，这世间，为了活命，有多少人忍受着比药更苦的痛苦，又岂会在乎区区之药苦呢！

枇杷入画亦入诗。宋方岳的《枇杷》算是用情较深："击碎珊瑚小作珠，铸成金弹蜜相扶。罗襦襟解春葱手，风露气凉冰玉肤。并世身名扬氏子，旧家门户北村卢。知音未必能知味，曾遣青前泪湿无。"白居易和元稹都曾写过《山枇杷》，前者后半首"回看桃李都无色，映得芙蓉不是花。争奈结根深石底，无因移得到人家"，颇有借物抒情、标榜自己的嫌疑，而元稹的"山枇杷，花似牡丹殷泼血"倒叫人浮想联翩，莫非山枇杷开的是满树红花？

桑

蚕吃进去桑叶吐出来蚕丝，人用蚕丝做成各种丝织品，桑蚕文化和丝绸文化可谓久矣。

桑叶的口感真是粗糙，比南瓜叶还要粗糙，即便切得细细碎碎，用猪油、腊肉丁炒，依然无法改变其粗糙的口感。

然而，蚕却对它情有独钟。听说，蚕偶尔也会吃一点其他东西，比如莴苣叶之类的，但养蚕人知道，蚕最喜欢的就是桑叶。我也亲见几条小小的蚕，将一枚硕大的桑叶顷刻间吃得只剩一副骨架——叶柄与叶脉。它们的头伸向哪里，哪里的桑叶就开始缩小，看似缓慢，实则迅速得有些可怕。那一刻，会不由得想到一个词：蚕食。这个词，已被赋予极大的意义——侵吞他国国土，如蚕吃桑叶一般。这样说，不知道桑叶和蚕会不会觉得无辜和委屈。

蚕吃桑叶，不只是速度惊人，许多蚕聚在一起，吃起桑叶来，沙沙有声，如雨落屋顶，莫名的壮观。从前，我在姨妈家听到过这种声音。

母亲读书读到十九岁，后当会计，又教书，可是她的姐姐我的姨妈却十三岁就开始做豆腐卖了。出嫁后，姨妈养育了八个孩子，三个儿子五个女儿。许多年里，除却其他农活，姨妈还养蚕。唐彦谦有《采桑女》诗曰："春风吹蚕细如蚁，桑芽才努青鸦嘴。侵晨采桑谁家女，手挽长条泪如雨。去岁初眠当此时，今岁春寒叶放迟。愁听门外催里胥，官家二月收新丝。"姨妈养蚕时，虽无官家上门催收新丝，可姨妈也愁，愁桑叶不够吃，愁采桑不及时，愁蚕宝宝生病，愁这一季的蚕能不能顺利“上山”（即吐丝结茧）。每送走一季蚕宝宝，姨妈便会长长地松一口气。儿时的我，在姨妈和母亲的闲聊中，都能感觉到姨妈就是一只停不下来的陀螺。“遍身罗绮者，不是养蚕人”，养了那么多蚕，姨妈从未给哪个儿女，更未给自己添过一床蚕丝被，但她用蚕茧换来的钱给儿子造房，给女儿备嫁妆，让他们一个个都体体面面成了家。小女儿出嫁时，姨妈已步入老年。现在想来，姨妈不是陀螺，她就是一条不吃桑叶的蚕。

北方多棉花，南方多蚕丝，故南方养蚕极为兴盛，尤其江浙一带。而蚕又是娇养的“宠物”，需得小心伺候，气温、湿度，桑叶的冷、熟、干、湿均有讲究。由于蚕难养，古代人就把蚕视作“天物”。相传小满为蚕神诞辰，因此在小满时节有个祈蚕节，只为祈求“天物”保佑，让蚕农有个好收成。当年，陪女儿养过几条蚕。我们大大低估了一条蚕从出生到结茧对桑叶的需求量，只得向朋友求助，又特意开车到乡下找寻桑叶。桑叶得新鲜，幼蚕需嫩叶，老蚕需老叶，有时还得将桑叶放冰箱保鲜。这才几条蚕而已，就如此费心费力，蚕农之艰辛可想而知。

养蚕，虽是没日没夜的辛苦劳作，但在我看来，采桑和采茶一样，皆具诗意之美。这样想，也许和那个叫罗敷的女子有关。罗敷貌美，又会打扮，“头上倭堕髻，耳中明月珠。缃绮为下裙，紫绮为上襦”，以至于“行者见罗敷，下担捋髭须。少年见罗敷，脱帽著帩头。耕者忘其犁，锄者忘其锄。

来归相怨怒，但坐观罗敷”。喜蚕桑的罗敷，采桑城南隅时，对使君的一番巧妙应答，令人顿觉欢快的乐府民歌里，小儿女情思婉转流动，脉脉不断，盈盈似水。一代一代的人，在急速流逝的岁月中老去、消失，而那个智慧貌美的女子和《陌上桑》却流传至今。

桑树其貌不扬，却是我国原生的古老物种，有“沧海变桑田”为证，桑田的桑即指桑树。大江南北，由东到西，均有种植。《诗经·小雅·小弁》曰：“维桑与梓，必恭敬止。”故汉《毛氏传》中说：“父之所树，己尚不敢不恭敬。”朱熹《诗集传》在解释“桑梓”时说：“桑、梓二木，古者五亩之宅，树之墙下，以遗子孙给蚕食、具器用者也。”所以“桑梓”常常合称，指代故乡或父老乡亲。汉有张衡《南都赋》：“永世克孝，怀桑梓焉；真人南巡，睹旧里焉。”唐有柳宗元《闻黄鹂》：“乡禽何事亦来此，令我生心忆桑梓。”身处异乡的游子，见到桑树与梓树，不由得想起家乡父母种的桑梓，心生怀念之情。桑梓之树，成了故乡的念想，也成了一个人的根的象征。

不知从何时开始，人也加入吃桑叶的队伍当中，且越来越多，以至于我都开始担忧，担忧吃桑叶的人过多，担忧吃桑叶的人胃口过大，而使那些只有吃足了桑叶才能吐丝的蚕陷入饥荒。这样说并非毫无根据。酒席上，本来觥筹交错间，大家对于所上的菜并没那么在意，忽然有人说这是桑叶呢，于是，热闹的场面有了片刻的清静，不管凉拌还是清炒，一盘桑叶很快就被消灭殆尽，风卷残云一般。

人，当然不会只对桑叶情有独钟，但吃桑叶的人确实越来越多，导致春日菜场里卖桑叶嫩芽的越来越多。讯息发达时代，一听说哪个东西好便人人蜂拥而至，这样的事已不足为奇。人们青睐于桑叶，自有其道理。桑叶对风热感冒、发热头痛、咳嗽胸痛、目赤肿痛皆有疗效，传世名方“桑菊饮”中主要的成分就是桑叶和菊花。现代人的苦恼之一便是可吃的东西太多而不能多吃，稍不小心，就吃出许多病来，需要降血压、血脂、血糖的人越来越多。桑叶可降血糖，实在颇具诱惑力。听说，下过霜之后的桑叶，药效极好。想来这是真的，因为身边就不止一人在用霜桑叶泡茶喝。经了霜的桑叶，样子真不好看，可是拿它煮鸡蛋，热气蒸腾时，有一种特别好闻的清香，煮熟的鸡蛋带了浅浅的抹茶色，吃起来也有淡淡的清香，那是新鲜桑叶所没有的。

除却叶子，桑树的根、皮、果实，均可入药。每到四五月，雄桑树会开出柔软下垂的柔荑花序，在完成传粉的使命后立即脱落，故少有人注意到桑树开花。而没有梗的雌花序会在授粉后结出一条条“毛毛虫”，可爱又吓人，那是未成形的浆果。浆果由绿转红，再由红转黑紫的时候，觊觎已久的人便跑到桑树底下开始采摘。桑葚已然成了春末夏初的一季水果。比起覆盆子，桑葚的味道清甜、温和，因其能抗氧化、抗衰老，也常被用来泡酒。用桑葚浸泡的白酒，其色之美堪比红葡萄酒，颇为诱人。

楤木

我相信一见钟情，比如对餐桌上那盘野菜。切得细碎、用腊肉炒就的野菜，色泽有点类似于红梗菜心炒熟后的浅墨色，不算好看，但入口一嚼，就有一种说不清道不明、从前没有感受过的清香弥漫于唇齿间。那一刻，我喜欢上了它，并将对它的喜欢，毫不犹豫地说了出来，以至于让采摘和炒制的人都颇有成就感。

那是一盘姗姗来迟的野菜。那天于朋友家聚会，后来的几个人拎了个袋子直奔厨房，其时我正于厨房帮忙，看着他们小心翼翼地从袋子里取出一把带刺的“小树枝”，惊讶得差点叫出声来。然后，他们一个清洗、烧水，一个切肉、准备姜蒜，焯水后很快做成了一盘清香可口的菜肴。

那一天，吃了其他什么菜，全无印象，只记得那盘野菜了。

其实，家乡的野菜也不算少，荠菜、蕨菜、香椿、马兰头、马齿苋、水芹菜……我都吃过，菜场里也时常可见，唯独这种野菜，第一次吃到。他们告诉了我一个极其形象的名字——鸟不踏。这是个让人过耳不忘的名字。从他们的语气中听出，人们将它搬上餐桌并对它视若珍宝已非一两日，而我实属孤陋寡闻。

然而，当我见到它的全株时，还是有些惊讶，为它布满全身的密刺。春末夏初，我们行走于山间小路，眼光不时于路边找寻，当朋友将目光集中于那些红透了的蓬蘽时，我发现了一棵浑身带刺的家伙，再看那个嫩尖儿，总觉似曾相识。确实，就是之前吃过的鸟不踏。就这样，像发现新大陆般，四五个人全都开始寻找并采摘起鸟不踏来。

嫩尖儿的梗实在青绿，毛茸茸的样子也很诱人，然而，将手伸向它时，那些同样嫩绿的小刺还是扎得手指生疼。于是，我们一边很小心地伸出指尖往没刺的地方捏，一边使出吃奶的力气想要将它连枝带叶掰下。虽然新生的嫩梗脆生生的，但采摘还是颇有难度，即便万分小心，我们的手指还是不时被扎。

那日，我们于亭子边野餐时，又发现一棵枝干颜色深红的鸟不踏，刺似更密集。我们都颇以为奇，却又不知为何。等走到两县交界处，隔壁县的一对老夫妇告知我们，这灰皮的并无药效，只有那红皮的，如刚才亭子边那棵，才是草药。当问及可否入馔时，他们就有些不置可否，想来他们从未当菜吃过。

后来，我当然知道了我们口中的鸟不踏其实就是楤木，而那棵红色的就是红楤木。我也知道了楤木的别名其实有很多，比如叫刺嫩芽、刺老芽、刺龙芽、乌龙头、乌刺菜、霸王菜、树头菜，也叫鹊不踏、鸟不宿，红楤木的别名才是鸟不踏。

楤，念 cōng 时为两头尖的扁担，念 sǒng 时则为楤木。楤木的叫法太专业，若说鹊不踏，很多人就恍然大悟，哦，说的是它呀。陈藏器《本草拾遗》曰："生江南山谷，高丈余，直上无枝，茎上有刺，山人折取头茹食，谓之吻头。"李时珍《本草纲目》曰："今山中亦有之，树顶丛生叶，山人采食，谓之鹊不踏，以其多刺，而无枝故也。”《中国植物志》记载：“本种为常用中草药，有镇痛消炎、祛风行气、祛湿活血之效，根皮治胃炎、肾炎及风湿疼痛，亦可外敷刀伤。”

也许并没人告诉这些饕客们鹊不踏有如此多的功效，人们只是热衷于它特别的清香与口感，抑或有人懂得它的好，然后一传十十传百，在这个物质丰裕、注重养生的时代，就形成了一种潮流。在我吃过的野菜之中，因风味特殊而出类拔萃的，荠菜算一种，香椿也算一种，再就是这鹊不踏了，虽然也有那么一丁点苦味，但特有的清香足以使它瑕不掩瑜。

其实，当我将它作为一道新的野菜津津乐道之时，在遥远的东北，人们早已将其作为家常野菜，菜场里亦整袋整袋地置于摊上售卖，做法也颇多，清炒、凉拌、做汤、腌制，还可裹了面粉油炸……因其味道鲜美，营养成分的含量比人参还高，有“天下第一山珍”“山野菜之王”的美誉，是东北主要的出口山野菜之一。看来，陈藏器所说的“生江南山谷”，也并非完全正确。

当人们知道鹊不踏含有丰富的营养之后，也许它会招致更多的采摘。我很想看看那些嫩芽从未被采摘的鹊不踏会生长成什么模样。我也想知道，当有一天，它们已经高到人们再也无法采摘到它的嫩芽时，是会感受到静寂的欢愉，还是凄清的落寞。

芍药

芍藥

牡丹仿佛是芍药甩不开的影子。比如，唐代刘禹锡有诗曰："庭前芍药妖无格，池上芙蕖净少情。唯有牡丹真国色，花开时节动京城。"赞美牡丹出众，自是无可厚非，可因此不惜说芍药妖无格、芙蕖少情韵，叫人心内颇有不平。

谁曾想，作为药用植物，芍药和牡丹共同出现于我国最早的本草著作《神农本草经》，芍药位列中品，而牡丹位列下品。牡丹那个"木芍药"的别名足以说明，从前牡丹并没有芍药那么知名。芍药早早入了《诗经》，亦为佐证之一。《诗经·郑风·溱洧》云："溱与洧，方涣涣兮。士与女，方秉蕳兮。女曰观乎？士曰既且。且往观乎？洧之外，洵訏且乐。维士与女，伊其相谑，赠之以勺药。"春风送暖，河流解冻，三月三日的上巳节，溱洧两水附近的人们手执兰草去水边沐浴，以祓除不祥。女子邀请男子同去观景。男子虽已看过，依旧答应同去。不为观景，只为可以相与戏谑。临别男子以芍药相赠。

芍药跟牡丹，易被混淆，这倒也是事实。有一年清明祭祖，在芍药地里，我曾就芍药和丹皮怎么区分请教于公公，亦得详细解答，后又全然忘却。这就好比跟一些人，有过一面或几面之缘，长久不见，终又陌生起来，回到原点。说到底，是用心不够，抑或缘分未到。

事实上，在我很小的时候，芍药是作为药材得以普遍栽植的。在父亲有限的务农生涯中，所种药材似乎只有芍药、丹皮与桔梗。加工时，隐约记得芍药根要用刀切，丹皮要抽去那根白色而光滑的芯，桔梗则需去皮。只是，我怎么也没想到，丹皮竟是牡丹皮。

其实，关于芍药与牡丹如何分辨，早有人总结出一二三条来，综合一下，大致如下：牡丹，木本，枝干硬朗结实；芍药，草本，花枝相对柔软。牡丹叶宽，叶形三裂，叶面绿中泛点黄；芍药叶片狭窄，是单叶，正反面均为黑绿色，亦更有光泽。牡丹花期一般在 4 月下旬，芍药花期则在 5 月上旬，故有俗语“谷雨三朝看牡丹，立夏三朝看芍药”。牡丹花色亦比芍药丰富许多。

一个木本，一个草本，表面看是刘禹锡说芍药“妖无格”的原因，其实，里面隐含了牡丹的逆袭过程。在唐以前，与牡丹有关的记载几乎都与药用价值有关。药用牡丹品种少，花也比较小，花瓣只有五到七片，且多为野生。一个普通人的喜好未必能改变一种花的命运，但被古代的皇帝看中了，情形就完全不同了。由于受到武则天的钟爱，牡丹被大量培育，不但品种花色增多，且出现了双头牡丹、千叶牡丹等观赏性极高的新品。段成式在《酉阳杂俎》中写道：“开元末，裴士淹为郎官，奉使幽冀回，至汾州众香寺，得白牡丹一棵，植于长安私第。天宝中，为都下奇赏。”唐李濬《松窗杂录》记载，唐玄宗命人将红、紫、浅红、通白四种牡丹种于沉香亭前，一日邀请杨贵妃月下赏花，命李龟年奏乐，李太白写诗。李太白以牡丹花之美喻杨贵妃之貌，作《清平调》三首。第三首云：“名花倾国两相欢，长得君王带笑看。解释春风无限恨，沉香亭北倚阑干。”《红楼梦》第七十七回《俏丫鬟抱屈夭风流，美优伶斩情归水月》，宝玉感叹草木有情，所引“杨太真沉香亭之木芍药”的典故，就是出自此诗。牡丹终被誉为国色天香，它和芍药的地位也因了贵族的喜好而逐渐发生变化。在五代人所编的花卉排行榜《花经》中，牡丹位于“一品九命”，而芍药仅排第三，列“三品七命”。从此，牡丹为花中之王、芍药为花中宰相的说法日渐深入人心。

虽如此，也不能阻挡人们对芍药的喜爱。它有别名曰将离草，故古代男女在表达结情之约或依依惜别时都会互赠芍药，《诗经》里那个男子赠芍药的用意也就不言而喻。西方人一直认为芍药具有某种魔力，凡有芍药生长的地方，恶魔都会消失得无影无踪，甚至可对抗至毒之花——曼陀罗。在我看来，牡丹和芍药各有其美，谁也无法替代谁。

唐代白居易、韩愈、元稹，宋代秦观、姜夔等人的古诗词中提及芍药花的颇多，而芍药入画的也有不少精品。比如，光绪皇帝曾御笔《芍药图》，著名油画大师张秋海曾作《张秋海芍药图》。

不过，再好的诗词与画作，在《红楼梦》的“憨湘云醉眠芍药裀”面前，都不免逊色几分。“果见湘云卧于山石僻处一个石凳子上，业经香梦沉酣，四面芍药花飞了一身，满头脸衣襟上皆是红香散乱，手中的扇子在地下，也半被落花埋了，一群蜂蝶闹嚷嚷地围着她，又用鲛帕包了一包芍药花瓣枕着。众人看了，又是爱，又是笑……”那些诗画，又怎敌得过憨态可掬、醉卧花下的史湘云？人与花相得益彰，是《红楼梦》的经典情节，亦是芍药花的幸运。

闲人看花，农人重果。芍药所谓的果，其实就是地底下的根，外表浅黄或灰紫，内里白色，富有营养，具有镇痉、镇痛作用，该是芍药的精华了。芍药一般种植三年后采挖，称毛芍药。将毛芍药的块根剪断，去除其他根须，剩其尾根，每两根一株，种下，四年后采挖，称结芍药。这是父亲告诉我的。结，应有控制其生长根数的意思，颇为形象。想起白术、玄参、贝母等，都是借摘花来保证根茎营养的。若为药材之需，将芍药花于含苞时就摘除，别说芍药花会心碎，我也会心碎的。父亲还说，从前买卖芍药未必称斤论两，还有“判芍药”，即按芍药所开花朵大小来定价，花朵硕大者自然价高。凭花判果（即根），一个“判”字，生动地道出了别样的买卖方式。此外，还有拿芍药根敲击酒壶，辨其声而给价的。“好芍药，一根可以换一壶酒。”几乎滴酒不沾的父亲，说起来竟像颇嗜酒一般。这是一个种过芍药的人才会有的说话语气。

芍药集观赏、食用、药用于一身。且不说长成后抑或开花的芍药，单是芍药的芽，亦是一道至美风景。初春，草地远未泛绿，但红紫的芍药芽已早早从泥地拱出，油亮、茁壮，如笋状，似笔尖，那真是大地上极富生机的一幕。

以花为食材，是美食，更是美事。以芍药花为食材的美食，不可胜数。煮粥、制茶、做饼……清代德龄女士在《御香缥缈录》中曾叙述慈禧太后为养颜益寿，特将芍药花瓣与鸡蛋、面粉混和后用油炸成薄饼食用。此外，还有芍药花羹、芍药花酒、芍药花煎等，这些名字，听着就已非常美好，亦叫人颇想一试。

芍药也曾是调味品。西汉辞赋家枚乘《七发》云："熊蹯（即熊掌）之胹，芍药之酱。"可见芍药在东汉时是一种调味用的香料。再如司马相如《子虚赋》云："芍药之和，具而后御之。"东汉经学家服虔注云："或以为芍药调食。"认为"芍药之和"的意思就是以芍药给食物调味。不过随着大蒜、胡荽等香料引入并广泛运用，芍药这种香料逐渐退出历史舞台。怪不得宋代陈元靓《事林广记》、清人顾仲《养小录》等所载的香料中，均不见芍药之身影。

"牡丹之爱，宜乎众矣"，不足为奇；洛阳有牡丹花节，亦不足为奇。如今，各地花节雨后春笋般冒出，其中亦含了芍药花节。人们蜂拥而立，纷纷要在有限的花地里拍出无限的花海来。其实，每年的四五月，农人自然种植的土地当中，还能欣赏到零星的芍药花与丹皮花，或红或粉，美得自然。和那些所谓的花海比起来，这些芍药与丹皮，叫人心里更为踏实。

三叶青

那是个奇妙的下午。

跟三叶青的相遇，让我再次体会到，这世间，人与人，人与物，皆一缘分系之。缘分未到，咫尺也天涯；缘分到了，天涯亦咫尺。

也曾多次听说三叶青，也曾多次到那家摆放着三叶青的药材店，可是，在那个下午之前，我们都擦肩而过了。即便在那个下午，若非为了等朋友，我继续在店里流连一番的话，也许我们将再次擦肩而过；即便我再流连一番，若非三哥将我唤到那个玻璃柜前，我们也将再次擦肩而过。

从前，听人说起三叶青，脑海里总浮现出一个高挑的女子来。那女子，一头青丝简单绾起，着一身荷叶绿衣裳，眉清目秀，略显瘦削，除了清秀还是清秀，没有半分妩媚，是典型的江南女子。然而，作为药材陈列在玻璃柜里的三叶青，只是一些黑不溜秋、大小不一、形状也无规则可言的小疙瘩。看看别的药材，至少有个基本统一的长相，但三叶青没有。若是想靠外形获得青睐，那三叶青真是毫无优势可言。三叶青有别名曰金线吊葫芦，想来和这些不规则的小疙瘩有关，然而就凭它们的长相，称之为“吊葫芦”，总觉勉强。好在，这里并非是个以貌取物的地方。三哥捡了一小粒三叶青递给我，放嘴里咬下一点，见小疙瘩露出粉白色截面，初有嚼蜡之感，继而有淡淡药香于唇齿间弥漫开来，叫人瞬间原谅它黑不溜秋的模样。

当我的视线从这些黑乎乎的小疙瘩身上移到标签纸上

时，三叶青不菲的价格还是让我吃惊得轻叫了一声。旁边的店员见状，笑眯眯地说，这个东西长得可慢了，三五年，也就长这么一点点。说完，她比画了一个手势。这勾起我极大的好奇，三叶青到底长什么样呢？三哥说他的院子前也种着几棵，这让我愈发急不可耐。不多会儿，三哥在店门口朝我招手，来来来，让你见见三叶青。得来竟是如此不费工夫吗？实在喜出望外。花岗岩铺就的空地上，几个白色花盆摆放在一起，上面爬了些绿色藤条，分不清哪些藤是哪一个盘里长出来的，而藤条上均为三片叶子一组，没有例外。也许时值深冬，叶片青中略微泛黄，亦不葳蕤，但离我的想象并不遥远。

作为药材的三叶青，功效颇多，清热解毒，消肿止痛，可化痰，主治毒蛇咬伤、扁桃体炎、淋巴结核、跌打损伤、小儿高热惊厥等疾病。世间清热解毒之药数不胜数，如三叶青这般极具悲悯之心的却不多。许多药材，因药效明显，副作用也大，用药须得小心。就像有些人，虽才能出众，却生就一副臭脾气，不好相处。一般的清热解毒药多带毒性，比如七叶一枝花，而三叶青完全无毒，可长期食用；一般的清热解毒类中药，食用后容易导致胃口差，而三叶青却体贴异常，除治疗疾病外，兼具理气、健脾、开胃之功效；一般的清热解毒药不具备提高免疫力的功能，三叶青则能提高身体免疫力，诱发肿瘤坏死因子。故野生三叶青多用于治疗恶性肿瘤。

三叶青可谓药材中的名门望族，但它极其低调，不喜光，倒喜生于树底下。听说，三叶青属浙江的最佳，难怪店家多会标明本地、非本地，本地三叶青的价格是非本地三叶青的十倍。本地三叶青叶片相对较小，长得也慢，要长成指头般大小的疙瘩，往往需要七年时间。缓缓生，慢慢长，不疾不徐，不慌不忙，像一个在快时代里专心磨炼技能的人，将自己长成该有的样子。

后来，我见到了野生的三叶青，老叶厚实浓绿，新叶亦厚实，略微泛青，所有叶片油绿发亮，那应是三叶青最灿烂的时光。作为多年生的常绿藤本植物，野生三叶青生长在阴湿的崖壁处，故非常稀有，极难被找到。草木皆有灵性，得天地之精华，通时数之变化，想来将三叶青栽于花盆里竟是个错误，因断了它和天地亲近的机会。药材好，药才好，此言极是。我亦想起荠菜来。野生荠菜不仅个小，还塌棵，平贴地面，叶片颜色也是青中带紫，而那些被移栽到地里的荠菜，叶片又长又大，颜色嫩绿，看着极为诱人，吃起来却完全不如野生荠菜香。

人总是贪心的。见过三叶青冬日里的模样，又想见见春日里开花、秋日里结果的三叶青。果然，开花的三叶青，和我心底那个江南女子更为相像。丰茂的叶片间，缀满新蕊，几近透明的花瓣，浅淡可人的绿，若玛瑙般精致。花盘是略深的绿，四枚雄蕊，一枚雌蕊，花柱四裂，均为黄绿。从叶片到花朵，颜色是难得的和谐。这样的花朵，缀于绿叶间，便若有若无。三叶青花期长，可从 3 月持续到 6 月。花开时，果亦生。花谢后，小米粒般的绿色圆形小果也跟着长，慢慢地，变成绿豆般大小，之后果实由绿转红，成为软球状的浆果，色泽艳丽，异常醒目。

这样的果子不知会不会招致鸟儿的青睐。听说，味甘、性凉，具滋补功效，属极品。

天麻

赤箭天麻

印象中固执地记得天麻是治头疼的药，于是只觉得它是治头疼的。就像对一个人，评价其很严肃，后每每提起，便总先想起他的严肃来，殊不知严肃之外，亦有极为丰富的其他性情。

其实，除去对肝风引发的头疼有特效外，天麻还可以益气、祛风湿、强筋骨、抗癫痫、抗悸厥。又因富含天麻素、香荚兰素、蛋白质、氨基酸、微量元素，常被当作滋补用品食用。我国的食疗文化源远流长，《黄帝内经》早就提出治病的原则："药以祛之，食以随之。"天麻入食最早见于典籍《神农本草经》："天麻久服益气，长阴肥健，嵩山、衡山人取生者蜜煎作果食之，甚珍。"关于天麻，今人吃法众多，蒸蛋、泡酒、熬粥、炖鸡、煮火锅……比如，将新鲜的天麻洗净切成薄片，与白菊花、枸杞、大枣一起用 80℃的水泡 10 分钟，代茶饮用，可去肝火、明目、补肾、降血压。再比如，将胡萝卜、青椒切丝，与切片的天麻一起炒食，味道鲜美。家里有天麻干，已切片，却没有于煲汤时加几片的习惯。心底里，药是药，食是食，只想分得清爽，图个心里干净。于工作也是，只一味坚守底线，不知通融，死板得很，典型的脑袋不开窍。而《日华子本草》中关于天麻的记载是："助阳气，补五劳七伤，通血脉，开窍。"于我这等不开窍之人，是该多吃天麻，即便不能做到十分开窍，好歹也开出那么一二分来，不致苦了自己又招人厌。

平生遭遇过两次严重的头疼。

那一年，右半边脑袋时不时疼痛。虽是间歇性的，可发作时，如有刀子劈过来一般，常常是一边拿手按住脑袋，一边不自觉地喊出声来。虽已过去多年，但那感觉依然清晰，想起来还是后怕。那些天，我一边泡天麻茶喝，一边有时间就倒在沙发上休息，竟睡得昏天黑地。三五天后，症状慢慢消失，也不知这病是天麻治好的，还是睡觉睡好的。至今还记得表姐递给我天麻时，脸上那副虔诚的样子，是那种亲自种过药材的人才有的虔诚。

还有一次，是吃了西药引发的副作用，虽不能算头疼欲裂，但着实也很要命，除却头疼，浑身上下哪哪都疼。我惊异于一颗小小的药丸竟有如此巨大的威慑力，一百来斤的肉体在它面前一败涂地，只得于煎熬中度过分分秒秒。这药本是用来治疗胸闷、改善心脏供血不足的，但它引发的极度不适让我不得不放弃。相较之下，真心感佩于中药的温和。后来得知，天麻对冠状动脉、外周血管有一定程度的扩张作用，天麻素能增加心输出量，降低心肌耗氧量。如此，我是不是可以多吃天麻，不只是为了开窍？

天麻作为药材，立冬后至次年清明前采挖，挖出后需立即洗净，蒸透，低温使其慢慢干燥。切面黄白色或淡棕色，半透明。气微，味甘。切了片的天麻，煮起来其实跟玉竹有些相像，都是半透明的玉色，吃着口感也相似，略粉，只是玉竹多炖老鸭，天麻多炖鸡汤。就块茎而言，玉竹纤巧，天麻粗壮。天麻生长的模样让我很是讶异，它完全没有想象中的绿叶婆娑，只有光秃秃的茎秆，偶于顶端生出几片叶子。用苏恭的话说，就是“苗唯一茎，茎端生叶若伞状，根如牛膝而细黑。保升曰：茎似细箭杆，高二尺以下。叶生茎端，状如伞。花生叶心，黄白色。根横生而无须”。如此取舍，天麻真是个闷头长块茎的愣头小子，可爱至极。

李时珍也说：“此草独茎而叶攒其端，无风自动，故曰鬼独摇草，后人讹为鬼督邮尔。因其专主鬼病，犹司鬼之督邮也。”督邮，官名，汉代各郡的重要属吏，相当于今天的纪委、检察院、政府办等诸多职权于一身。苏恭还特别强调：“今人以徐长卿代之，非也。徐长卿、赤箭并有鬼督邮之名，而主治不同，宜审用之。”对此，李时珍也认为徐长卿、赤箭皆治鬼病，故并有鬼督邮之名，名同而物异。只是，这“徐长卿”，可把我带沟里去了一回，这仨字，怎么着都该是一个衣袂飘飘、风流倜傥的公子哥吧，再不济至少得是人名啊，谁知道它竟是一味中药呢。

赤箭，天麻别名之一。传说，远古时代神农氏到深山采药，不小心摔倒，爬起来时，见一奇特植物，圆圆的赤褐色茎秆上连一片叶子也没有，恰似箭杆插地。他采回煮食，能治许多病，神农氏认为这是神箭的遗物，就命名为神箭。因赤秆，又名赤箭。此外，天麻还有别名离母、神草、独摇芝、定风草、合离草、自动草、水洋芋等，早在两千多年前就已入药。白居易有《斋居》一诗：“香火多相对，荤腥久不尝。黄耆数匙粥，赤箭一瓯汤。”原来，早在唐代，人们已把黄芪、天麻当食材熬粥煲汤了。

北宋诗人孔平仲任朝廷集贤校理期间，曾写过两首《药名体》诗，其一曰：“鄙性常山野，尤甘草舍中。钩帘阴卷柏，障壁坐防风。客土依云实，流泉架木通。行当归云矣，已逼白头翁。”其二曰：“此地龙舒国，池黄兽血余。木香多野桔，石乳最宜鱼。古瓦松杉冷，旱天麻麦疏。题诗非杜若，笺腻粉难书。”此诗中共嵌入常山、甘草、卷柏、防风、云实、木通、当归、白头翁、地龙、血余、木香、乳石（石乳）、瓦松、天麻、杜若等药名。

诗人用种种中药，勾画出一幅山野村夫居于茅屋、眼望飞云、耳听泉声、安乐自得的闲逸之景。在这“龙舒国”里，松杉参天、野橘遍地、石乳溶洞、麻麦阡陌，俨然世外桃源，别赋新意。

看来，就算不吃天麻，多跟天麻打打交道，亦能让人开出那么一点窍来的。

铁皮石斛

石斛

君子之交，虽淡如水，却颇令人回味，古人形容它为兰交，而铁皮石斛，为兰科石斛属。

铁皮石斛曾经遥远而神秘，因为陌生，也因为听说它多长于环境清幽处，常与苔藓为伴，无须土壤，餐风饮露，脑海里便有了它遗世独立的高贵模样。有人说，它就是徐福东渡为秦始皇找寻的仙草。比起今人，古人似更愿意与自然草木间保持美好而神秘的联系。

第一次与这世外仙姝亲密接触，是多年前受退休同事所邀，前往她的铁皮石斛种植基地。彼时，铁皮石斛正从高山绝壁间下凡来，被越来越多的人种植。当时也正是铁皮石斛开花的季节。同事给我们每人一只小篮子，让我们摘花，可以自己带回家。大家犹犹豫豫，似是放不开手脚。同事说，可了劲儿地摘，这样有利于石斛的生长。于是，不管真假，也顾不得细细观赏，我们或弯腰或蹲身，双手在田垄上鸡啄米一般。

喜欢花，却一直没有摘花的习惯，那是我第一次毫无心理负担地摘花，满心欢喜形于辞色。回家后，将花蒸熟，晾于窗前，看它们日渐轻盈。泡茶喝，那花瓣嚼着生脆，略滑，想来鲜炒也是这个口感。后来有酒店用鸡蛋或腊肉丁炒石斛鲜花，每每上桌，人们如获至宝。口感与我所想相差无几。

既是兰科，铁皮石斛的花便颇似兰花，花苞浅白带绿，盛开后，花瓣黄绿色，先端略尖，唇瓣白色，中部有紫红色条纹或斑块，柱蕊亦为黄绿色。暮色起，花瓣微合，略显奄拉状，次日清晨又重新张开，精神抖擞。就是这玲珑可爱，有着优雅身姿的花，关于其形状的说法却颇有些冰冷与坚硬。花苞形似古代的一种兵器——戈，而盛开的花儿像极了青铜器中的斛——古代的计量单位（一斛初为十斗，后改为五斗）。左右两端较长的花瓣，仿佛斛的两只耳朵，唇形花瓣间的口子，恰如石斛中间的那个小口。这“斛”，听说大有来历，唐玄宗曾经送给昔日宠妃梅妃一斛珍珠，并命乐府用新声谱曲，名“一斛珠”。

石斛花貌似柔弱小巧，骨子里却十分坚毅。想那次采回的花儿，开放了两三天，竟也没多少凋萎之态。而石斛属植物，也是公认的“秉性刚强，忠厚可亲”，故在西方，人们常把它敬献给自己爱戴的尊长，尤喜作为父亲节的礼物，因此有“父亲节之花”的美称。在欧美，人们还喜欢将石斛花搭上非洲菊、圆叶桉树，或搭配丝石竹和天冬草，制成胸花，参加大型宴会、剪彩典礼或接待贵宾时佩戴，有“欢迎光临”之意。兰科的花做胸花，典雅大方，隐隐花香中，主人的笑容也如花一般灿烂。

只是，兰科的植物似乎不那么好养，需得“春不风，夏不日，秋不干，冬不湿”。石斛属高级气生根植物，它的根需要通透，又喜温暖湿润，故半阴半阳的通风处最佳。喜爱石斛的人们，想方设法模拟石斛的生长环境，将它们一盆盆种进家里。有人送先生两盆石斛，盆不大，石斛长在段木上，不算粗壮，也不纤细，三五朵花在枝上一颤一颤，小巧可人。

有人说，桃花的热闹最是治愈，治愈忧伤，治愈萎靡。要我说，石斛花的清雅也很治愈，治愈烦恼，治愈焦躁，给忙得没边儿的日子以难得的淡定与悠闲。只是花期过后，尽管日日喷水，小心伺候，那石斛依然日渐萎靡，想来该是北阳台虽通风，但空气实在不够湿润。后来，干脆置于走廊阴凉处，偶尔喷水，多数时候不管不顾，倒见枝上萌发诸多新芽。有心栽花花不开，无心插柳柳成荫，世间事总是这样。有人说，家里种几盆，便可实现铁皮石斛自由，随采随吃。愿望很美好，但铁皮石斛远居崖壁青石间，是为抗拒所有侵扰，守住一份作为草药的药气与灵气，一旦离开山谷，没有了水傍石上的环境，终究会失却许多精华。

石斛种类繁多，比如鼓槌石斛、球花石斛、流苏石斛，或以根茎形状命名，或以花之形态命名。《本草纲目》中记载了金钗石斛："石斛名义未详。其茎状如金钗之股，故古有金钗石斛之称。今蜀人栽之，呼为金钗花。盛弘之《荆州记》云：耒阳龙石山多石斛，精好如金钗，是矣。"而铁皮石斛，从前并未想过它的命名缘由。那次下乡，一农家乐老板指着窗台上大大小小的石斛，滔滔不绝地说起如何判断是否铁皮石斛，它们的功效又是如何地天差地别。我认认真真听了，可如今，只记得茎秆上有铁锈色的才算是铁皮石斛，其余一概忘却。他若知道，定会深觉枉费了自己一番心思。

铁皮石斛富含石斛多糖、生物碱及各种微量元素，味甘微寒，是益胃生津、滋阴清热的传统名贵药材，具有增强免疫力的功效。如此说来，也算石上一斛珠了。石斛多糖能抗氧化、抗衰老，传闻武则天数十年如一日坚持服用石斛。她服用的不是一般的铁皮石斛，据说是植物界的大熊猫——霍山米斛。霍山石斛植株很小，矮短，因其每节形如累米，当地人唤其米斛。霍山米斛长得很慢，生长五年也就五公分长，之后就很难再长高。上好的药材多半如此，它们有着难以想象的定力，慢慢蓄积精华，而非一味生长。石斛以多胶质、少渣滓的为佳。开花前剪的枝条，胶质最多。传统认为，铁皮石斛“补五脏虚劳羸瘦、轻身延年”，作为本草上品，可长期服用。将干了的铁皮石斛枝条跟西洋参按比例配置，磨粉，长期服用，是现今最盛行的吃法。

而我喜欢将新鲜枝条打成汁，当饮料喝，口感清新，有微微的青草味，因其富含胶质，极为润口。听说，当年梅兰芳护嗓的秘方也是饮用石斛水。用石斛汁和面，做包子馒头，好看，味美。一酒店用石斛汁加米粉做成薄薄的小圆饼，就着蘸了甜面酱的大葱丝、油炸鸡丝，卷了吃，绵软、松脆，清香、酱香俱全。

最喜石斛小圆饼，翠色欲滴，仿佛集结了一整个春天的绿。

无患子

無患子

秋天的风物自有一种松弛美，那是在夏之张扬、进取、蓬勃与奋争之后的松弛，一种褪去繁华后的自在与安然。秋天，适合看各种落叶，比如无患子。

于秋天日渐变黄的叶子有很多，但能在树上集结成风景的并没那么多，除却银杏，无患子算一种。所谓金秋的“金”，我以为指的就是无患子和银杏，其余都只是点缀。比如鹅掌楸，虽然从初秋开始颜色就转黄，可是，黄几片落几片，七零八落自然也就难成气候；再比如枫香，一到秋天，树叶或红或黄，也不纯粹，不像无患子和银杏，心无旁骛，一心奔着金黄而去。不过，银杏的黄和无患子的黄还是有所不同，银杏的黄略显厚重，有富贵相；无患子的黄则轻盈许多，似更亲民。

霜降已过数日，杭城依然桂香隐隐，阳光如初秋般热烈。宿舍楼窗前，恰有一排无患子，叶片黄绿参半，枝头挂满果子，跟旁边的一排银杏平分了秋色。秋高气爽，阳光下，金黄的，微黄的，纯绿的，各色叶子斑斑驳驳，美得动人心魄。

无患子不像银杏那样主干单一、笔直挺立，它枝叶扩展，散得很开。略微下垂的树枝，亦平添几分婀娜。因了无患子树枝的绵长柔和，不似银杏那般短促生硬，透过枝丫看到的天空亦更生动多姿。

一场秋雨一场寒，今秋少雨，凉意不浓。在培训地偌大的院子里，居然有一棵无患子，满树绿叶，树顶还冒出一枝嫩芽。暖阳下，目光落定嫩枝，竟恍若置身春天。也就独此一棵。其余的无患子，叶片都是应季的黄绿参半。地上也已铺满落叶。细瞧才发现，它们大多是单片落地，也有些叶片随同一个细枝一起飘落。数了数，最多的一串有八片，其余则三五片不等，也许还有更多？我抬头仰望，想要亲眼看看叶片成串飘落的样子，只是于树下伫立良久，却始终没有等到。

无患子落叶的方式很是独特。徐徐微风中，别的树比如香樟，都是枝头上下摇动，摇着摇着老叶就被摇了下来，唯有这无患子，一片或几片叶子于风中不停地左右摆动，摆着摆着，倏忽间从枝上飘于空中，刚刚那左右摆动的姿势也就成了道别时的挥手，耳边仿佛传来绵绵的吴侬软语："再会（音约等于 wei）啦，再会啦。"这样的告别亦是轻盈的，没有让人喘不过气的沉重。

无患子落叶的同时，也落果子。掉落的果子夹杂在众多落叶当中，有的枯黄，有的已完全变黑。我挑拣了饱满的几颗，一律是透明的淡黄，应是刚落地不久。将它们摊于掌心，越瞧越觉得像是龙眼，但听说它的味极苦，我自然不敢尝试。

第一次听到"无患子"这个名字，心弦即被拨动，觉得像是从宋词里袅娜而来的词牌，有一种说不出的美与好。无患子，古时称"桓"，又有噤娄、肥珠子、油珠子等别称，《本草纲目》里称为木患子。各地叫法不一，香港的旧式药材铺习惯称为木眼仔，四川称油患子，海南岛称苦患树，还有油罗树、洗手果、肥皂果树等名称。这当中的有些叫法，显然是因了无患子的果皮含有皂素，可以揉碎了当肥皂用。我未曾试过，只在小时用皂荚果洗过手。

查阅资料，发现其中一种做法还算有趣。那就是将无患子的果子清洗干净，去掉果蒂，用剪刀剪掉连接果蒂处坚硬的部分，去籽，将果皮剪成小条，用纱布包起来，再烧上一锅热水，把纱布包放进热水里不断揉搓，直至将无患子揉搓得没有黏液，最后用瓶子装好这些汁水待用，可洗发、洗澡、洗碗、洗手……《本草纲目》中也有类似记载："无患子洗发可去头风（头皮屑），明目，洗面可增白祛斑。"无患子还有去咳平喘，治牙齿肿痛、虫积食滞、小儿胀气等妙处。

也有人取上十多颗无患子，将果皮碎成小片，用纱布包了，直接随衣物一道丢进洗衣机里。这样的做法虽简单，可除了实用，也没多大意思。看着手中的果子，我倒想寻一清流小溪，再觅一个平整的埠头，剥了它们的果皮，努力搓出泡泡，然后用来洗那方刚刚获赠的夹在书页里的丝质小方巾，直到双手与丝巾满是无患子的清香。据说，无患子尤宜洗濯丝织品。

打开手机，想要看看无患子其他季节的模样，忽见一张雪景图，无患子叶已落尽，枝上铺满白雪，黑黄的果子从白雪间俏皮地探出头来，似有若无，着实美极。原来下雪的冬日，无患子也可以美得这么干净这么惹眼。想来，树上无一片落叶，单于树梢挂着一串串圆果子的情景我是见过的，只是不知它是无患子还是楝树果。忽然开始期盼，期盼冬天来一场及时雪，亲眼看一看叶片落光只剩果子的铺满了雪的无患子树，却不知能否如愿，江南的雪似乎越来越难得。

无患子还俗称鬼见愁，相传以无患子树的木材制成的木棒可驱魔杀鬼，因此名为“无患”。《佛说木槵子经》里有个说法，以一百零八颗木患子串成的珠串，有助于“灭烦恼障、报障”，所以，各地寺庙常有栽培。亦有人将无患子的籽洗净晾干，打个小洞眼，将它们穿起来做成手链，即所谓的菩提子。是真是假，我没有考证，但《佛说校量数珠功德经》里确有“若用木患子为数珠者，诵掐一遍得福千倍”的说法。又听说道士用的驱魔剑也得用无患子木做成，如此，一旦亮剑，才能鬼见愁，人无患。

忽忆起从前看到的一副对联来：“但愿世间人无病，何惜架上药生尘。”横批就是“人参（生）无患”。漫漫人生路，多是带着为人所知或不为人知的艰难行走于世，又岂能无患？不过，就像无患子有诸多叫法一样，“无患”亦可多解，没有灾祸，不要担心……世间珍贵不过平安二字，看好友近日笑颜背后眉尖轻蹙，忽然想为她挑拣一百零八颗无患果，做成珠子，日日诵经数遍。如此，无患子落叶时那一声声“再会啦，再会啦”就变成了温柔的“别怕，别怕……”

乌桕

烏臼木

一棵树的模样，一部分来自它生长的土地，一部分取决于它的先祖，还有一部分，是看它如何打扮自己。比如，看它选择长出什么样的叶子，结什么样的果子，以怎样的方式出现在不同的季节里。

如此说来，乌桕可谓是极懂得打扮自己的。

加缪曾说："秋天即是第二个春天，每片叶子都是花朵。"乌桕之美，最美在叶。乌桕叶之美，最美在秋天。李渔认为，"草之以叶为花者，翠云、老少年是也；木之以叶为花者，枫与桕是也。枫之丹，桕之赤，皆为秋色之最浓。"所以陆游在诗中赞叹"乌桕赤于枫"。《长物志》说乌桕树："秋晚叶红可爱，较枫树更久，茂林中有一株两株，不减石径寒山也。"鲜红如血的乌桕叶，仿若秋末冬初时节的一把火，点亮了山野地头，最惹人注目亦最为人津津乐道。乌桕真是一种温暖的树。我常想，这一抹一抹的鲜红，在寒冷的季节里，该是温暖了很多人的心吧。其实，秋天里的乌桕叶并非只是红色，你若足够细心，便会发现，有的绿中带黄，有的一叶数色，红、橙、紫、褐、深绿或釉绿，而一树的乌桕叶，就更是五彩缤纷了。知堂先生也是极爱乌桕树的，他在《两株树》中提到，他最喜欢的，除却白杨，便是乌桕了。秋日里，红艳似火的参天乌桕和江南民居的白墙黛瓦是绝配。

其他季节的乌桕叶也是好看的。四月过半，乌桕有新芽初长成，是麦芽糖一样、惹人怜爱的嫩黄。五月，乌桕换上绿色正装。菱形的叶片像两张拉满的弓，沿着中脉紧密相连，若心形，又不完全对称，顶部还收成一个小尖尖，平添几分俏皮可爱。乌桕是个用心的设计师，懂得审美。六月，乌桕开花，黄绿色的长条状花序在绿叶间若隐若现。若从树下经过，也许能淋上一场碎花雨。夏日，一树浓荫之时，乌桕花渐渐长成绿色果实。风吹过，叶子左右轻轻晃动，伴着一刻不停的蝉鸣。

类似的情形，南北朝时就有。“日暮伯劳飞，风吹乌臼树。”《西洲曲》虽然写的是采莲季节，乌桕叶也许还是葱绿一片，但每每读到此句，浮现的总是秋冬时节红艳夺目的乌桕叶。想来，该是里头有“海水梦悠悠，君愁我亦愁”之故。吴文英不是说了吗，“何处合成愁，离人心上秋”。

乌桕种子之美，妙在似花非花，雨天或夜晚，看上去还有笼烟之态。李时珍曰：“乌喜食其子，因以名之。”乌桕树姿态优雅，落叶后枝条舒展，点缀上经冬不落的洁白种子，极具江南韵致。当木叶尽脱，外壳剥落，满树只剩点点雪白之时，在旷野或塘边，疏林或河滩的背景下，你再看乌桕，更觉它美得恰到好处。有人说，此时的乌桕，似白梅初绽。这样说的人，不止一个。袁枚曾于《随园诗话》里记载：“余冬月山行，见桕子离离，误认梅蕊；将欲赋诗，偶读江岷山太守诗云：‘偶看桕子梢头白，疑是江梅小着花。’杭堇浦诗云：‘千林乌桕都离壳，便作梅花一路看。’是此景被人说矣。”郁达夫也在《江南的冬景》里写道：“像钱塘江两岸的乌桕树，则红叶落后，还有雪白的桕子着在枝头，一点一丛，用照相机照将出来，可以乱梅花之真。”“是此景被人说矣”，子才先生多有遗憾。我却以为，满树桕实若白梅初绽固是没错，可所有这样说的人，都是先让白梅在心里生了根的，对乌桕来说是否有失公允？再说了，世间白梅是白梅，乌桕是乌桕，再相似，也只是相似。每个人都是自己，没有谁愿意总被说成像别人，想必草木应是同心。

乌桕是插花界永远的爱，随意剪上一根，插在瓶里，便自有其美。乌桕的果实功不可没。此刻，窗外正飘着不大不小的雪。那些挂着果实的乌桕树，本就气质非凡，着雪后，该是更具风韵了。

乌桕有别名腊子树、桕子树、木子树、木蜡树、桩仔、琼仔，多与果实相关。儿时，我们却习惯称它为 gěng 子树。当年我家就有一棵，摘下的果实，被摊晒于竹席之上。有人专程上门收购，说是可榨油。至今亦不知 gěng 为何字，但这样的叫法，却如童年时光一般，亲切温暖。只是，岁月不居，时节如流，很多东西都已远去，独留一颗怅惘的心。

早期油印，蜡纸、油墨都来自乌桕。洗手用的香皂，天黑了点的蜡烛，都离不开乌桕。乌桕种子外面有一种白色蜡质的假种皮，这种蜡质称为“桕蜡”，可提制皮油，用来制高级香皂、蜡纸、蜡烛、胶片。其种仁所榨取的油称“桕油”或“青油”，供制油漆、油墨用。想当年，刚走上工作岗位，也曾就着钢板，费劲地在蜡纸上刻字。只是从未想过，手头的蜡纸和印试卷的油墨，竟与一棵乌桕有关。

英国人福琼的著作《两访中国茶乡》，记载了清时舟山人用乌桕籽榨取桕脂的方法，先用饭甑一样的木桶，隔水将桕籽蒸熟，使白色的假种皮变软，再在石臼之中轻轻捣舂，让皮籽分离，最后使用传统的榨油方法，将皮中的桕脂榨出来，再加上别的原料，就可以制作蜡烛了。据说这种桕脂蜡烛明亮而无烟，质量比其他原料制成的蜡烛要高出几倍。乌桕是大戟科植物，浑身是宝。木材坚硬，纹理细致；叶为黑色染料，可染衣物；以根皮、树皮、叶入药，可杀虫、解毒，利尿、通便，外用治疗疮、鸡眼、乳腺炎、跌打损伤、湿疹、皮炎。

乌桕内外皆美，通灵而真实。“月落乌啼霜满天”，我觉得张继夜泊的水边就该是乌桕；“野旷天低树，江清月近人”，孟浩然所宿的建德江边也该是乌桕。没别的原因，我只是想把它种在与江南有关的每一首诗里。

梧桐

罌子桐

宋时，宫里会盆栽梧桐，等立秋这天，将梧桐移入殿内，太史官高声奏道：“秋来了！”奏毕，梧桐应声落叶……

宋人的风雅，真是入骨入髓，“香球熏被”“全民簪花”“含香奏对”“点茶画汤”……这些也就罢了，连报秋都如此具有仪式感。

要是奏毕，梧桐不落叶呢？这样的担心并不多余，你看现在，立秋时节，梧桐叶还是蓊郁的绿，又怎会轻易掉落。所以，我总疑心掌管司仪的官员一定是做了手脚的。毕竟，这叶落与不落，事关天子开心与否，在当时人们的眼里，也事关风调雨顺、国泰民安。

梧桐叶落，天下知秋。然而在宋人的仪式中，一叶知秋倒少了许多凄清的况味。

落叶之黄中最好看的要数银杏，梧桐叶自是比不上，但梧桐叶黄得一点也不难看。厚实的梧桐叶有身段之美，别说夜里落下，就是白天也是很响的。那日坐办公室，窗外一阵大风，忽而窸窸窣窣，原是许多梧桐叶被风刮擦着横过走廊地面。那也是我第一次发现对面小山上的梧桐树。我跟梧桐树仿佛已经约定，不疾不徐，机缘合适的时候，该遇到我们就遇到了。

梧桐高大挺拔，样貌俊朗，在古代，被认为是祥瑞之物。玉树临风，是说人像玉树一样风度潇洒，秀美多姿。这玉树，我总觉得应该就是梧桐。《诗经·大雅·卷阿》这样写：“凤凰鸣矣，于彼高冈。梧桐生矣，于彼朝阳。菶菶萋萋，雍雍喈喈。”萋萋萋萋，是梧桐的丰茂；雍雍喈喈，是凤鸣之声。梧桐生长茂盛，引得凤凰啼鸣。后庄子的《秋水篇》也说：“夫鹓鹐发于南海，而飞于北海，非梧桐不止，非练实不食，非醴泉不饮。”鹓鹐就是凤凰的一种。《三国演义》第三十七回，也有类似的描述：“凤翱翔于千仞兮，非梧不栖；士伏处于一方兮，非主不依。”梧桐之高贵，可见一斑。故从前的殷实之家，常于院子里栽种梧桐，不只因它笔直有气势，更是取有凤来仪，预示吉祥之意。

探春的秋爽斋就植有梧桐树。《红楼梦》第四十回，贾母逛到探春住处，见着后院里的梧桐，说：“这后廊檐下的梧桐也好了，就只细些。”看来，贾母不仅对秋爽斋阔朗的布局、名贵的大件器物、高雅的装饰氛围深感满意，就连后院植梧桐，也是深以为宜的。美中不足的是，这梧桐“就只细些”。也难怪，许多人从中玩味出探春远嫁他乡，或许是成了某位边疆部族首领的妻子，如此，便与“就只细些”的梧桐应上了。在曹公眼里，“素喜阔朗”的探春确实也算得上凤凰吧，只是书里借着小厮的嘴说了出来。兴儿向尤二姐“演说荣国府”时，道：“三姑娘的混名儿叫‘玫瑰花儿’：又红又香，无人不爱，只是有刺扎手——可惜不是太太养的，‘老鸹窝里出凤凰！’”

贾母说梧桐“就只细些”，梧桐本就生长缓慢，不像泡桐，几年即可成材。古人栽梧桐做琴，实乃为子孙所留。即便伐下祖辈留下的梧桐，亦不能马上为琴，须存放几十年才可以。好东西的成就，皆需时间。也许，这也是在这个速成时代，树皮青色光滑的梧桐总湮没于铺天盖地的法国梧桐的缘由吧。法国梧桐，本为悬铃木科悬铃木属的悬铃木，跟梧桐科梧桐属的梧桐，只是叶片相似。古人说，桐木是阳，梓木为阴，琴乃阴阳合成，所以古琴用桐木做面板，梓木做底板。今人说，桐木较为疏松，利于发音；梓木较为坚实，利于蓄音。沈括《梦溪笔谈·乐律一》记载："琴虽用桐，然须多年木性都尽，声始发越。予曾见唐初路氏琴，木皆枯朽，殆不胜指，而其声愈清。"想起一些人，活得愈久，其貌愈发不扬，其心却愈发清澈，其言亦愈发通透。

梧桐枝叶宽大浓密，雨滴打落叶上，声音清脆空旷。在院子里栽一棵梧桐，可看一院烟雨，也可看一院骤雨。雨歇了，但栽了梧桐的院子，雨声还要持续一些时候，梧桐雨滴滴答答漏下，声声断断。人到中年，是否要栽一棵梧桐，想必是会犹豫不决的。毕竟，要能抵得住那一场场与梧桐密不可分的寂寞与悲凉才行。苏东坡的"缺月挂疏桐，漏断人初静"，还算好的，月光淡淡，读着微凉；李煜的"寂寞梧桐深院锁清秋"，读之不免清冷；温庭筠的"梧桐树，三更雨，不道离情正苦。一叶叶，一声声，空阶滴到明"，这雨，一滴滴打在心上，凄清之余，还有对那个不眠之人深深的同情；最不忍读李易安的"梧桐更兼细雨，到黄昏、点点滴滴"，许是同为女性，又许是她那"赌书消得泼茶香"的曾经太过幸福。杜牧说"自滴阶前大梧叶，干君何事动哀吟"，雨滴落于桐叶上，梧桐叶落也罢，不落也罢，干君何事？作怪的不过是君满腹的心事罢了。然而，杜牧另一首《题桐叶》，他只言“去年桐落故溪上”，读着倒叫人不免哀吟了。

余光中说：“大陆上的秋天，无论是疏雨滴梧桐，或是骤雨打荷叶，听去总有一点凄凉，凄清，凄楚，于今在岛上回味，则在凄楚之外，再笼上一层凄迷了。饶你多少豪情侠气，怕也经不起三番五次的风吹雨打。”生就一颗凡心，听雨滴梧桐而不心惊，能从容翻检过往的种种遗存，又岂是几场修行就可得的。

从前只知黛玉葬花，不曾想，还有云林洗桐。明末大画家崔子忠的画作《云林洗桐图》，画的就是倪云林洗桐的故事。倪云林，名瓒，字元镇，号云林子。他的居所叫清秘阁，雅净非常，阁外梧桐掩映。他常使人洗濯梧桐。而到了秋天，梧桐凋零，他又吩咐家人以杖头缀针，将叶挑出，并挖香冢掩埋。如此珍视，梧桐应会感激涕零。

梧桐种子炒熟可食用或榨油，油为不干性油。根皮、茎、叶、花、果和种子均可入药，有清热解毒之功效，可治须发早白。

只是，那听梧桐雨之人，又怎会在乎须发早白呢？

温郁金

鬱金

温郁金，郁金的一种。与诸多名字前被冠以地名的植物一样，它们都是对某一方水土有着非同一般的执着。此心安处是吾乡，它们该是认定了那一方独有的山水。这让我想起家乡的许多特产来，比如双溪板栗、云山牛心柿、前山小京生。离了那个地方，哪怕相距咫尺，虽也能生长，味儿却已不是那个味儿了。也是，好比一个人，身在曹营心在汉，又怎能活出自己最好的样子。

温郁金为著名的道地中药材，“浙八味”之一。它认定的那方水土在浙南，确切地说在温州、丽水一带。早在魏晋时期，不少名人就发现温州有着诸多好药材，相传东晋著名医药家、道教思想家葛洪曾到温州，他在《肘后备急方》中赞赏温州白干姜治疗脾胃虚冷“其效如神”，但他没有提及温郁金。温郁金将缘分留给了另一个人，这个人就是北宋中期的宰相苏颂。苏颂在《本草图经》中记载了温州的天门冬、石斛、生姜、狗脊和蓬莪术等五种药材，也就是人们后来所说的“温五味”。后蓬莪术被鉴定为植物新种温郁金。

苏颂，字子容，今福建泉州人，出身名门望族，与同时代的苏轼、苏辙同宗。历仕北宋五朝，曾于元祐七年（1092），拜右仆射兼中书门下侍郎，登上宰相高位，是北宋政坛上令人瞩目的人物。但苏颂留给后世最大的财富并非政治方面的成就，而是科技方面的建树。作为著名的药物学家和天文学家，他在自然科学领域为中国赢得了多项第一，世界上第一座天文钟就是他的创造发明。世界著名科技史专家李约瑟博士称赞苏颂是“中国古代和中世纪最伟大的博物学家和科学家之一”。

只是，堂堂一位北宋名相，怎么会这么了解僻处东南一隅——温州的药材呢?

有学者认为，开永嘉学术先河、“皇祐三先生”之一的王开祖，在皇祐五年（1053）石牧之任天台令时，从温州负笈至天台山从游黉下。如此一来，苏颂通过石牧之了解温州中药材自是顺理成章了。其实，苏颂和温州真是非常有缘，古城最热闹的五马街、公园路，都与他有着很深的联系。苏颂不但与最早开发五马街的温州太守石牧之交情深厚，在为其撰写的墓志铭中记录了他在温州的功绩，还为公园路的千年古刹开元寺撰写了《温州开元寺重修大殿记》。当然，这些都是题外话。不管怎样，苏颂记载温郁金是不争的事实。

1061 年，苏颂完成了图文并茂的《本草图经》。书中不但保存了北宋中期全国中草药“普查”的丰硕成果，而且标注了温州五味中药，其中温郁金作为蓬莪茂（术）入药，附图“温州蓬莪茂”，并记录：“今江浙或有之。”“根如生姜，而术在根下，似鹅鸭卵，大小不常。”

至今，温郁金在瑞安已有一千多年的种植历史，堪称药材产业的“活化石”。温郁金植株形似美人蕉，但身形稍矮，叶片也小一圈，更显秀气，即便不开花，也是极养眼的。四五月间，葱翠的叶片之下，主茎一侧，开出淡雅的“花朵”，乍一看，花瓣极似荷花，白中带粉，尖端处则显粉紫色。其实，这白中带粉的只是花苞，真正的花朵隐匿其下，小巧似兰花。叶片之下是花苞，花苞之下是花朵，有一种“犹抱琵琶半遮面”的俏皮，予人一重又一重的惊喜。温郁金的生长过程，有别致的动人之美，开花之时，更是显示出一派生机勃勃的春光。种植温郁金的人，一定每每被它的样子打动。

冬季采收后，割下块根，装入篮中，放入水中，用手轻轻摇动，洗净泥沙，然后放在锅内煮至水沸起泡止，摊放于席上晒干，再放入两头尖的竹兜中，两人相对来回推送，使郁金互相撞击，去除须根。此法颇似加工白术。块根上笼蒸后晒干，即为“郁金”；主根茎除去须根及糙皮，蒸熟后晒干即为“莪术”；侧根茎用刀纵切成薄片，直接晒干则为“片姜黄”。有一些好看的东西，确实经不起深究，但温郁金不是。一株植物，提供三种不同药物，实属罕见。作为药材，温郁金全力以赴。

温郁金气微香，味微苦，可活血止痛、行气解郁、清心凉血、利胆退黄，又具抗菌、抗病毒、抗肿瘤、抗血栓、增强免疫力等功效，为常用的活血化瘀类中药。人世多烦忧，能清心解郁之草木，最懂人心。震亨曰：“郁金无香而性轻扬，能致达酒气于高远。古人用治郁遏不能升者，恐命名因此也。”郁遏，忧愁、愁闷之意。用郁金泡酒，喝了可解忧。震亨，即苏震亨，元代著名医学家，义乌人。他说郁金无香，恐是武断。李时珍说：“酒和郁鬯。”郁鬯，香酒。用鬯酒调和郁金之汁而成，古代用于祭祀或待宾。关于调酒的郁金，有人说是大秦国（古罗马帝国）所产郁金花，李时珍提出“大秦三代时未通中国，安得有此草”加以反驳。

听说，用郁金之汁调酒，令黄如金，故谓之“黄流”。这又让我想起雄黄酒来，想必颜色相差无几。可惜自儿时始，便闻不惯雄黄酒的味，也因此“殃及”类似的酒，比如栀子泡的酒以及“黄流”之类。但有人喝得很美，李白就有诗曰“兰陵美酒郁金香”，此郁金香当然也非彼荷兰郁金香。兰陵美酒用郁金泡成，李白喝了这香味浓郁的酒，写出了香味浓郁的诗句，便“不知何处是他乡”了。

一味中草药，若只纯粹地为药，仿若一个人，从来都只务正业，未免少了情趣。这一点，温郁金自然是明白的。郁金可染衣。宋代周紫芝《鹧鸪天》云：“娇痴应挽香罗比，六幅双裙染郁金。”李时珍也说：“人以浸水染色，亦微有香气。”所染之衣，颜色当如栀子染色一般，鲜明可爱。而白居易的“满园花菊郁金黄”和宋代白玉蟾的“菊花犹着郁金衣”，则可见郁金黄作为一种色彩，已于唐宋时期深入人心。

郁金亦可做调料，西厨中常添加于芥末中以增香味。在印度，它是常用的烹饪调味品。让我有些意外的是，郁金也是咖喱粉的原料之一。一直觉得“浙八味”中，温郁金是最为遥远与陌生的，却原来，早在我以为不认识的时候就已经遇见它了。

玄参

玄参

“玄”的解释有三种：深奥，不易理解的；不太真实，不太靠谱；黑色。玄参的别名却不止三个，黑参、玄台、重台、鹿肠、正马、逐马、野脂麻……李时珍曰“玄，黑色也”，陶弘景曰“其茎微似人参，故得参名”。他们一起解释了“玄参”命名的来由。在我看来，跟本名最搭的别名莫过于“鬼藏”。这真是个绝妙的称呼，妙在它恰如其分地道出玄参在我心里曾经的神秘感和陌生感。

我的家乡是一个著名的药材之乡，有不少道地药材，故有“磐五味”和“新磐五味”之说。玄参是“磐五味”之一，于我却是五味之中最为陌生的。除却小时候常听大人说起，知其是一味药材以外，其他概无所知。我总固执地想，我们曾经是见过的，比如我去摘蓬虆时，去采山茶花蜜时，它们就生长在我经常出没的田地里，只是见了亦不知它们就是玄参而已。我断定，我小时候村里就有人种了玄参，不然，我何以频繁地听大人们说起？不过，我所听到的叫法无一例外都是“元参”，这本就是玄参的又一别名，而“玄参”用方言叫起来，亦类似“元参”。所以，至今亦不知他们叫的到底是哪个。

在我认识的有限的药材里，关于药用说明和方子，玄参算是极多的，只有白术可与之比肩。而玄参的“烧香治痨”一说，让人印象最为深刻，甚至忍不住有一丝丝心动，觉得生病也没坏到哪儿去。其方如下：“玄参（一斤）甘松（六两）为末，炼蜜一斤和匀，入瓶中封闭，地中埋，十日取出。更用灰木（六两）炼蜜（六两），同和入瓶，更五日，取出烧之，常令闻香，疾自愈。”不必吞咽苦药，亦免受扎针之苦，能以闻香之法治病，且有治愈之效，于缕缕药香中度过寸寸光阴，眼见着疾病被一丝丝抽了去，日子一天天满是新的希望，实在是不幸中难得之美好。

苏颂亦有一类似方子：“初入瓶中封固，煮一伏时，破瓶取捣入蜜，别以瓶盛，埋地中罨过用。亦可熏衣。”读这方子，目光瞬间被最后四字牵走，能用来熏衣的药香，定是让人心仪至极。后来又读到相关文字，说北宋道家用木瓜汁混合甘松、玄参末作湿香，据说令人神清气爽。玄参到底拥有怎样的香气呢？于是，刚刚通过查阅资料熟识起来的玄参便又开始神秘起来。

其实，关于玄参的气味，各人说法不一。弘景曰：“根甚黑，亦微香，道家时用，亦以合香。”苏恭曰：“玄参根苗并臭，茎亦不似人参，未见合香。”对于香味，虽说是众口难调，但能用于合香之物，其香定为多数人所认可，而苏恭却那么肯定地认为玄参的根与苗皆有遭人嫌的气味，难道他跟弘景说的是不同之物？李时珍则曰：“今用玄参，正如苏颂所说。其根有腥气，故苏恭以为臭也。”看来他赞同的是苏颂和苏恭的说法。只是，苏颂只说“二月生苗……七月开花青碧色，八月结子黑色”之类，并未提及玄参之气味。

在我所在的南方，玄参采用冬种，多于 12 月中下旬至翌年 1 月上中旬。采收时，选些健壮的白色子芽繁殖。我见过玄参根部的图片，子芽生于根部上端，一个连着一个，像极了鲜嫩的生姜。许是作为药材的玄参身价不如当年，我曾于满是药材的土地当中寻寻觅觅，却只见到大片贝母、元胡，难觅玄参之身影。曾与同事谈起玄参，对于我未见玄参之事，他们似乎颇为惊讶。在我问及他们玄参花色之时，一个答曰紫红，一个答曰白色，恰是应了李时珍“花有紫白二种”的描述。从前被人羡慕生在农村却不必干农活的幸福，终于在某天成了我的缺陷。

四月将尽，我心有不甘，拨出求助电话，不料对方回说其隔壁院子里就有，为一老伯特意种植。许是心心念念久了，当我在长方形的花坛一角见到玄参真容时，仿若见到故人，无半点陌生之感。七八棵玄参虽参差不齐，却带着生机勃勃的新绿，轻轻摇曳于风中。叶柄果为赤红，叶边布满密密麻麻的锯齿，茎亦果如竹节一般……磐五味中，玄参的植株最为高大，可达 1 米有余。我想象着，这样的玄参若得以大片种植，那该是怎样蓊郁的绿啊。但老伯说，因其植株太高，被大风吹倒也是常有的事。这世间，真是各有各的好，亦各有各的恼，我们最不必做的也许就是动辄羡慕别人。看得出，这几棵玄参和坛里的其他花草一样，都得到老伯的精心料理。想起人们总爱说“人非草木，孰能无情”，殊不知话里含了太多不公，谁说草木无情呢？它们，远比有些人知恩。

玄参花期 6~10 月，果期 9~11 月，我便开始巴巴地等着 6 月到来，可老伯说得等到八九月才能开花。不过，在南方，为保证根部营养，玄参跟贝母、白术一样，开花期要将顶部花序摘除。

作为药材的玄参，其根当年就可采挖，制作亦有讲究，先晒至半干，堆放发汗至内部变黑，再晒干或烘干。而《雷公炮炙论》中记载的晾晒之法似更细致：“凡采得玄参后，须用蒲草重重相隔，入甑蒸两伏时后出，晒干，拣去蒲草用之。”偶与父亲谈起，他竟娓娓道来，说采挖后，先晒一轮，再集成堆，盖上稻草，让其发汗，再晒。如此几轮后，再以滚水泼之，使其药芯完全变黑，即可。可用将其掰断后是否“拖脂”（类似于藕断丝连）来检验，拖脂愈多，膏脂愈足，玄参品质愈好。问及花色时，亦说是白色。实在忍不住，便问一句为何如此肯定，答曰曾经种过。那一刻，我惊得差点想拍脑门，怪不得小时候常听大人谈起。可父亲种过玄参之事，我怎么就全然忘却了呢？玄参具有凉血滋阴、泻火解毒之功效，主治腹中寒热积聚，女子产乳余疾，补肾气，令人目明，还能治游风、伤寒阳毒、心腹痛、心惊烦躁等。于我这样忘性比记性大的人，最诱人的莫过于它能“止健忘”。

当我问及老伯玄参是否有臭味时，老伯亦跟父亲一样，连连摇头，坚决否认。马志在他的《开宝本草》里并不谦虚地给陶弘景和苏恭作了小结：“陶云茎似人参，苏言根苗并臭，似未深识。”他在关于玄参的别名里说：“合香家用之，故俗呼馥草。”

馥草，在所有关于玄参的别名中，我最喜欢这个叫法。

香樟

樟

那一颗颗比白雪还白的丸子，散发出来的诱人香气，贯穿了我整个的童年和少年，以至于老衣柜的“吱呀”声每每在耳边回响时，那股诱人的香气便也在心里蔓延开来。樟脑丸的香，我百闻不厌。母亲爱干净，家里条件又许可，我们家是极早用它防虫防霉的。忘了是哪一年才知道它有这样一个很正式的名字，反正很多年以来，我们都用另一个名字叫它，这让我觉得很是对不起它，只因细究起来，那个名字似乎类似于普通话里的“臭子”。好在，那些年里，我们叫得那么自如那么亲切，叫它时也从未在心里冒出过“臭”字，算是一种问心无愧的安慰吧。

樟脑丸来自一种叫香樟的树，这是更迟以后知道的事。《本草纲目》载：“樟脑出韶州、漳州。状似龙脑，白色如雪，樟树脂膏也……他处虽有樟木，不解取脑。”听说，提炼樟脑的过程很有讲究。大致是以铜盆盛樟脑，其中掺入陈壁土，土上放薄荷，覆之以盆，黄泥封固，文火慢烤，樟脑蒸发升于上盆，如此得到的结晶体，可以充当“片脑”，片脑即龙脑。胡演《升炼方》中的记载似乎相对简单：“煎樟脑法，用樟木新者切片，以井水浸三日三夜，入锅煎之，柳木频搅。待汁减半，柳上有白霜，即滤去滓，倾汁入瓦盆内。经宿，自然结成块也。”

为何选用铜盆、陈壁土以及柳木，我相信其中自有道理，而且每一个细节都关乎品质。樟树的根、枝、叶皆可提取樟脑和樟脑油，根部的油脑含量最高，茎部次之，枝条又次之，叶部最低，所以上文说的“樟木新者切片”，选用的应是樟树的根茎。前些年，我也买过樟脑丸，已不再似从前用简易塑料袋包装，而是一小颗一小颗独立包装，仿佛一粒粒水果糖，只是那香味也不似从前，除却一种说不清的气味，竟无一点樟树香。挥发倒是很快，过不了多久，小纸袋里就只剩空气了。这让我怅然若失了好久，也曾想着去寻找从前的樟脑丸，却也只是想想，终究没有付诸行动，想来是害怕寻而不得，徒增怅惘。

一棵树，通体皆香，仿若一个女子，不用香水，自身便能散发清香，真是羡煞旁人。香樟名副其实，枝叶花均香。叶片中间一条主脉，两边各岔开一条分脉，主分脉交叉处的两个点，据说就是叶片芳香的来源。又据说将叶片举至日光或灯光下，腺点清晰可见。单位门口有棵香樟树，进进出出，一年里有许多日子可闻其清香，我却从未举一枚香樟叶于日光下，颇有闻香不思源的没良心之嫌。暮春初夏，香樟开花。香樟花那么小，若非风过雨过，地上满是香樟花，大约少有人会注意到。其实，一树一树的香樟花盛开，那么密，那么香，几可与秋日桂花相媲美。香樟花的花瓣是极富质感的玉白色，鹅黄的花蕊，重重叠叠，坐于瓣上，宛若白玉盘上的金莲。真是极好看。

樟科香樟，名姓合一，就像杜英科杜英、无患子科无患子、漆树科漆树。香樟，别名芳樟，我是理解的，叫它油樟、乌樟、栳樟、瑶人柴，亦不足为奇，但叫它臭樟，却不知是何居心。

许是那人也是喜欢香樟的，只是世间并非所有的喜欢都那么容易说出口，于是便只好用相反的方式表达了。这么有内涵的树木，竟然没能入《诗经》与《楚辞》，既让喜欢香樟的人遗憾，也引发许多猜疑。纪永贵先生在其《樟树意象的文化象征》一文中这样解释："主要取材于黄河流域的《诗经》中没有出现樟树不必奇怪，因为樟树的生长从不过淮河……樟为深山乔木，而《楚辞》多取湖、沼、洲、渚之芳草，虽然樟树木香，但离人间太远，是不易引起泽国行吟的屈原等人的注意的。" 其实，从《诗经》或《楚辞》中走来的植物，无非让人觉得久远罢了，并不能改变其本质，香樟还是那散发清香的树木。

《左传》《淮南子》称香樟为"豫章"。《庄子》将樟树与楠、梓这类"端直好木"放在一起，并与"柘棘枳枸"等"有刺之恶木"作对比。而在《左传》中，楚国白公叛乱，子期拔樟树以杀人，樟树成为正义之士的武器。唐诗中的香樟，则多喻栋梁之材，比如元稹《谕宝二首》之二曰："千寻豫樟干，九万大鹏歇。栋梁庇生民，艅艎济来哲。"再如白居易《寓意诗五首》之一曰："豫樟生深山，七年而后知。挺高二百尺，本末皆十围。天子建明堂，此材独中规。"树比人活得长，尤其是香樟，所以江西婺源等地至今还有奉古香樟为神、修"樟神庙"、祭树攘灾的习俗。而在日本，樟树被视为"圣树"，常被种植于寺院中。

明代李诩《戒庵老人漫笔》记载："江西都司府樟树

极大，曾大比年（举子赶考之年）巡按会考，各府州县科举诸生约三千人，皆荫蔽于下。”许是夸张了些，然香樟的高大茂盛亦可见一斑。惊蛰已过，在许多女子叫嚷着“三月不减肥，四月徒伤悲”的时候，香樟一夜之间就瘦成了她们想要的模样。那么多落叶，或红或绿或红绿相间，约好似的，哗啦啦往地上扑。

我见过一些瘦了身的女子，那模样，用方言表达出来，就是“脱了壳似的”，意为瘦是瘦了，但原有的光彩也跟着没了。香樟不是这样，瘦削了的香樟，枝杪上顶着一个个尖尖的芽苞，叫人可以想见它新绿满满、光彩夺目的样子。事实上，不出三五天，那些黄绿透亮的新叶很快就填满了枝丫间的缝隙，古朴苍劲、纵纹深裂的主干上，硕大无朋的香樟树冠，又舒展成一朵淡绿色的轻云。在“无边落木萧萧下”的肃杀时节，香樟坚持顶着墨绿的云朵，坚守着生机与希望，偶尔落下几片老叶；春回大地时，它却大张旗鼓，“无边落叶纷纷下”，满地老叶堆积，看枝头又分明在抽嫩芽、长新叶。是春天还是秋天，一时间，叫人恍兮惚兮。

树底下，扫把每轻轻挥动一次，空气中便隐隐浮动起淡淡的樟树香。想必那个挥动扫把的人，心里也是喜悦的。

延胡索

延胡索

延胡索是通人性的。它应是早就预见到，多年后会以珍稀植物资源野生延胡索的名义被发现，所以倔强地选择停留在大盘山这片土地。

延胡索还有另外一些名字，比如元胡、延胡、元胡索……尽管知道是因避宋真宗讳而由“玄胡索”改叫“延胡索”，但我对“延胡索”这个叫法，就是有着没来由地喜欢。延、胡、索，短短三个字，歌曲一般完美的组合，让你在唇形的舒缓变动中，不自觉地完成优美旋律的谱写。

延胡索真正的秘密藏在地底下。延胡索为罂粟科植物延胡索的干燥块茎。夏初茎叶枯萎时采挖，除去须根，洗净，置沸水中煮至无白心时取出，晒干。生于山地林下，或为栽培。分布于河北、山东、江苏、浙江等地。具有活血、行气、止痛的功效。

延胡索始载于《本草拾遗》：“延胡索生奚国，从安东来，根如半夏，色黄。”列为正品。手头有限的资料里，我只能搜寻到关于它的只言片语。明刘若金《本草述》曰：“今茅山上龙洞、仁和、笕桥亦种之。”康熙《重修东阳县志》记载：“延胡索生田中，虽平原亦种。”

明朝文献少有记载安东来的延胡索，可见南方产的延胡索明代时逐渐成为道地药材，其栽培区主要在浙江。《新编中药志》则称延胡索主产浙江东阳、磐安一代。有关延胡索的历史，我的了解仅限于此。不过，我更关心的是，大盘山上那个大宗的野生延胡索群落如何得以幸存。我相信，生长定是遵循着某种规律。我更相信，生长还是因为某种坚持。适者生存，但有时，拼的并非全是实力，而是毅力。野生延胡索的生存，一定也经历过这样一个过程。想起晋人嵇含《南方草木状》中所写的水松，“叶如桧而细长，出南海。土产众香，而此木不大香，故彼人无佩服者，岭北人极爱之，然其香殊胜南方时”。木为知己者香？如此说来，野生延胡索也一定是青睐并眷恋大盘山这片土地的。

当野生延胡索的奇妙用途被发现，人们有了更多的需求，它便开始被驯化，被大量种植，散落于林间的低产的野生植物，最终演化为大规模的高产药材。每到秋天，大盘山脚的人们便开始播种一畦畦的延胡索。占全国百分之三十种植面积的延胡索，攻陷了大盘山脚大片的土地。

延胡索于九十月间播下，幼苗几乎是在来年料峭的春寒中冒出的。暄风一遍遍拂过，一畦畦延胡索便长出嫩绿的茎叶，开出一串串鲜妍的花，成为田间地头最美的风景。延胡索的叶片形如翠竹叶，却更为纤小柔嫩，亦秀气许多。低矮的茎上，其花成串，或粉紫或蓝紫，一高一低，一左一右，如一只只彩色蜻蜓，又似昂首展翅、跃跃欲飞的小鸟。卷成筒状的花瓣，在渐渐张大中努力延伸，花瓣越张越大，直到变成完全张开的两瓣，颜色越到瓣口越显深浓。这样蓄满力量、拼尽全力的绽放，让我想到曲子里那个被称作“渐强”的音符。四月，阳光好得无可挑剔。徜徉于种满延胡索的阡陌，身体被成片的绿色包裹，天地也被绿色包裹。顺手掐一朵盛开的延胡索花，盖在脸上，有暗香浮动，阳光也因此停驻，似无意远去。

每一株努力生长的延胡索，都如一位含辛茹苦的母亲。它所有叶片的生长，都只为在有限的时间里大把大把摄取阳光；它所有花朵的盛放，都只为尽可能多地把养分供给地底下嗷嗷待哺的小疙瘩。我喜欢“小疙瘩”这个称呼，而不是那个有些专业也有些冰冷的词——块茎。沾着些泥土的黄色小疙瘩，即便清洗后，也依然是土黄色，似袖珍的土豆，却比土豆扁平，煮熟晒干后，表皮皱得尤为厉害，原本的黄褐色亦更为深浓。薄薄的表皮何以将延胡索那么紧紧地包裹？宛若一个固执地紧抿嘴唇的人，绝不轻易开口道出天机。除非你用刀切开，或用牙咬开，才会发现里面依然是黄色，只是多了蜡样的光泽，同时，散发着淡淡药香。就是这些不起眼的黄色小疙瘩，聚集了延胡索的精华。“看看是根草，地下藏珠宝。味苦辛无毒，散瘀止痛好。”有谜语如是说。

初夏，延胡索花事渐微，茎叶青黄倦怠，地底下的小疙瘩却悄然长成，日渐成熟。人们坐到田间地头，开始了对延胡索的挖掘——磐安人喜欢称之为“拾元胡”。我从小体弱，很多在我看来颇为有趣的农活母亲都不让我沾边，拾元胡倒是在学校组织的活动中体验过一回。没曾想，坐不了几分钟就腰酸背疼腿麻。可是，那些整天与土地打交道的人们，却能稳稳地在拾完了眼前的小疙瘩后一点一点往前挪，从一畦的这头挪到那头；挪完一畦，又开始从新一畦的这头挪到那头；挪完一块地，又开始新一块地的劳作。就这样，挪完一畦又一畦，挪完一块地又一块地，什么酸、疼、麻，仿佛与他们无关。

我忽然发现，成了药材的延胡索，和它的种植者极为相似：生活在同一片土地上，经受着同样的风霜雨雪，沐浴着同样的阳光，秉持着同样的朴实和低调。大盘山、延胡索、种植延胡索的人，在这里成为一种秉性相近、情感相契的组合。

在大盘山脚的深泽、双峰一带，至今都保留着炼火的习俗。仪式极为庄重，倾注了人们真挚的情感和殷切的期盼。我们的先民用自己的方式，既表达对火的崇拜，对土地和自然的敬畏，也展示出面对困难时百折不挠、勇往直前的精神。大盘山人有所敬畏，懂得感恩。大盘山人青睐延胡索，延胡索也给大盘山人以回报。如果天上、地下、火里，真有神灵，我相信，人与植物的依存会使诸神大为感动，从而倍加护佑，让所有的不幸远离人间。

鸢尾

鸢尾

受邀者走在园内的蜿蜒小径上，经过一片坡地，走到池塘边，看到紫色的燕子花盛开，或轻描淡写，或出于礼貌赞美几句，等进入池塘边的茶室，抬头，眼前正是尾形光琳的《燕子花图屏风》，心内受到触动，忽觉前面的几句赞美是多么敷衍，若非受茶会礼节制约，真想再退回去看看那一池塘的燕子花，然后由衷地赞美一番。

有人曾对大正年间日本根津美术馆的一场茶会做过这样的想象。馆内最著名的收藏，便是那幅江户时代前期画家尾形光琳的《燕子花图屏风》。

燕子花是鸢尾的一种。鸢，隼形目鹰科动物。鸢尾花跟鸢并无相似之处，鸢尾是以其株形似鸢之尾而命名。五代后蜀人韩保升在《蜀本草》中这样解释鸢尾："叶名鸢尾，根名鸢头。"

在我很小的时候，曾看到叔叔拿着黑乎乎的毛芋一般的东西在削皮、切片，问及是什么时，叔叔回答："ye v。"前者平声，后者去声。从此，它便以一味药材的形式存在于我的童年。只是，当时并不知道那就是类似鸢头的鸢尾根，更没想到这个块茎粗陋的植物，竟然有这么好听的名字：鸢尾。鸢尾，鸢尾，叫着，听着，是说不出的温婉、干净，让人心底于刹那间柔起来。

后来，在田间地头，终于得见鸢尾真容，便觉鸢尾不仅名字好听，长得也眉清目秀，样貌俊朗，颇有君子之风。而其花，亦很特别，颜色或蓝或紫，深浅不一，高立于枝头，有种难以言说的美。这是那些年鸢尾给我的所有印象。但也只限于远观，从未真正亲近。

偶有一次，于乡下学校花坛里，见一长相颇似蝴蝶的花，白色，外花被有淡黄色及淡褐色斑纹，花柱分枝上略带淡蓝，其叶却与我所见过的鸢尾极其相似，颇为好奇，用“形色”APP 辨识，说是“鸢尾”，着实不敢相信，恰逢一老人，问之，亦摇头。抬眼间，见围栏外不远处便有一地，种着一小片我所认识的鸢尾，开着蓝紫色的花。几个人指指点点，讨论一番，终究未果。

后来才知，鸢尾的家族庞大到让人有些望而生畏，那白花的确是鸢尾的一种，叫蝴蝶花，亦名日本鸢尾。因耐旱、耐阴，生命力顽强而被种植最多，花期三月中下旬，几乎是鸢尾中开花最早的，实属最常见的鸢尾，只是自己太过孤陋寡闻。后来，每每见到蝴蝶花，都不免暗暗羞愧一番。

鸢尾以茎的形状可分根茎和鳞茎。根茎种类繁多，叔叔当年种的就是其中之一种，而鳞茎，如西班牙鸢尾，其茎呈圆球形，似水仙。不管何种鸢尾，其花似乎都有垂瓣，故根茎类中，又按其垂瓣的附属物，分有髯、无髯、饰冠三种。比如蝴蝶花、扁竹兰，其髯如鸡冠。还有一种蓝蝴蝶，因其花蓝色，故名。其实，蝴蝶花是鸢尾属鸢尾科蝴蝶花，而蓝蝴蝶是鸢尾科鸢尾属鸢尾，拥有鸢尾家族中无可取代的顶级域名和掌门地位，忽略不得。它还有一个名字叫屋顶鸢尾，据说是外国人初到东方时于屋顶所见，不知真假。德国鸢尾、香根鸢尾，其髯则如须毛。无髯类，常见的如马蔺、黄菖蒲、溪荪、玉蝉花等，品种繁多，不胜枚举。鸢尾属下的植物，命名颇有讲究，万不可随意省略一字，比如黄菖蒲，纯粹是鸢尾的一种，跟菖蒲毫无关系，切不可自以为是，简称菖蒲。

众多鸢尾花中，德国鸢尾花形硕大，花色华丽，难怪有人说它贵族气息爆棚。犹如人们提到芍药便想起牡丹一样，香根鸢尾亦和德国鸢尾如影随形，区别只在花苞的苞片：前者膜质，近白色；后者边缘膜质，绿色，有时略带紫红。人们利用它们培育出的园艺品种，花色繁多，让人目不暇接。由此看来，我最先认识的应该是其中一种，因未曾仔细观察其花苞苞片，便不敢妄断。

三月，晴好的日子，忽而兴起，去往半月山。上山的台阶旁，竟邂逅一片鸢尾，生长在刚开垦出来的坡地，地里还有一些来不及清理的小石块。被阳光照得发白的地里，一簇簇鸢尾刚从土里钻出不久，正冒出盈盈绿意，叶片亦是三五片到七八片不等。最先长出的被挤在两旁，新长的从中间伸开。枝叶同体，笔直向上，绝不拖泥带水。因了宝剑一般笔直的身姿，那绿，便也在温和中多了分倔强。我伸手，试着抚摸它们，却是柔软无比。

从此着了魔般，时不时往半月山去。那晚，风急雨骤，早起发现阳台花盆里积着一堆冰雹，吊兰叶片已被打得七零八落。心内牵挂，想象着刚刚长高的鸢尾，狂风暴雨中，只能摇摇摆摆挣扎，承受冰雹无情的击打，下了班便急急赶去。

果真，许多叶片被打折，甚至击碎，叫人心疼无比。

四月中旬，终于迎来那片鸢尾第一朵花的盛开。那一刻，面对眼前唯一一朵盛开的鸢尾花，我俯身，默默地将所有深情化为柔和的目光。鸢尾花，亦用它优雅的身姿、清淡的香气回应我。这样的花，若能开在我的阳台，那该多好。只是一念闪过。其实，长在山野的鸢尾自有其气质，带回家养也未必能活，活了也未必能长出这般样貌来。又细细看了几个花苞，发现其苞片边缘膜质，略带紫红，应是德国鸢尾。种植它们的农人，不知有几人知道这个名字。其实，叫什么，并没那么重要，重要的是活成什么样。植物是这样，人亦是这样。

这些田间地头的鸢尾，是农人眼里的重要药材。性寒，味辛、苦，能活血化瘀、祛风利湿、解毒消积，也可用于治疗跌打损伤、风湿疼痛、咽喉肿痛、食积腹胀、外伤出血等。此外，制作香水和美容所需的鸢尾精油，就是从德国鸢尾和香根鸢尾中提取的。因其根须得种植三年后方可采挖，采收后又需堆放发酵，过两三年才能提取精油，所以价格特别昂贵。

鸢尾作为著名的香料植物，几乎令调香师如痴如狂。在意大利，鸢尾根还是制作金酒的药草。在任何一个金酒产区，当人们说起这种闻名遐迩的蒸馏酒时，必然绕不开“四大药草”：杜松、芫荽、鸢尾及柠檬。种植在托斯卡纳山区一带的鸢尾，既为意大利带来绝美的风光，亦使金酒拥有类似于紫罗兰和绿茶的细腻芬芳。但其制作过程并不简单，鸢尾根在挖出、削皮后，需晒上 15 天左右，才能开始窖藏。鸢尾根对水分极其敏感，遇水就变质，故采收时最忌下雨，因为会影响金酒的风味。采取鸢尾是机器无法取代的手工活，因此被当地人称作“充满爱与激情的劳动”。

想起曾经读到的用药草制作线香的文章，也想选个晴朗的日子，准备一小把细竹丝，按其配方，将鸢尾根、龙血树脂、檀香捣成细滑的粉末，混合均匀了，加入榆树皮粉，静置过夜，慢慢加入蒸馏水，像揉面团一般，将香材揉透揉匀，再让其均匀地滚黏到细竹丝上。最后，将沾了香材的细竹丝置于架上，晾干，一个月后便可点燃使用。若等不得，一星期亦可。想要调整香气，还可滴入陈年广藿香精油……这样的事情，未及动手，想想都已非常美好。而世间，美好的事与物总是叫人一往情深。

凡·高曾画过一幅《鸢尾花》，蓝色鸢尾占去大半画面，浅者如海蓝，深者似墨团，与赭红的野菊相接处，有一白色鸢尾花，朵大，茎长，花蕊正对前方，醒目而突出。有人说，这是凡·高特立独行的身影，彷徨、躁动而忧郁。也有人说，这是凡·高无声的呐喊。我却在想，若时光能倒流，我们会像今天这样努力去理解这位偏执的天才吗？我们能保证自己不会是那个一同签字，将凡·高送进精神病院的人？还是民谣《文森特》里那句“但人们不会听也更不会懂”最触动人心，那是歌手唐·麦克莱恩为纪念凡·高而作，旋律温暖而忧伤。不管怎样，事实是，1890年7月29日，37岁的凡·高离开了人世。而1889年5月，初夏的暖风曾拂过那个叫文森特的红发男人，彼时，他正专注地描绘着花圃中盛开的鸢尾花。

现在的根津美术馆，尾形光琳的作品年年展出，时间就在五月。我想，那应该是庭园最美的季节，紫色的燕子花在池塘和溪沟两侧盛开，庭园里挤满了赏花的人……关于从前那场茶会的想象让人会心一笑，只是，受邀者若觉遗憾，想要回头，也许还有机会，而人生的许多时光，却是再也回不去了。

银杏

銀杏

我可以对一棵无患子痴痴地看上许久，却从不敢对一棵银杏投去同样肆无忌惮的目光。也许是银杏长得实在精致，以致让我的目光变得胆怯，就像我所遇到的那些精致的人，交往中不免有些小心翼翼，但心里着实是喜爱着的。

就银杏树而言，我读不出任何柔软，亦无半点妩媚，也就谈不上什么风情。它那笔直向上的枝干，每每让我想起白杨，连那枝丫也跟白杨一样地向上，极少旁逸斜出，偶尔可见最底下的一两根枝丫呈现出那么一丁点下垂的姿势，多半是叶片实在茂盛，而枝丫又细。看见这样的银杏枝丫，便叫人想起那些铁骨铮铮的人，偶尔露出的那一点点——只是一点点的柔情来，实在珍贵得很。

银杏的精致，十有八九在其叶片。银杏叶的模样真是好看。扇形的叶片，细密有致的纹路，略带褶皱的边沿，自带雅意。据说，银杏有非常悠久的历史，早在2.7亿年前，它就已经出现。再后来，大约50万年前，我们生活的这个星球突然变冷，和银杏同纲的其他植物没能挺住，相继消失，唯有它，历经千辛万苦，穿越远古的雨雾云霞，依旧和我们站在一起。这样的执着，让我们感动，也使得银杏自带古意。它既见证着我们生活的这个星球波澜壮阔的发展史，也见证过芸芸众生无数的喜怒哀乐，可谓无比宏大，又精微动人。

“活化石”“植物界的熊猫”，这些称呼自然是表达了人们对银杏的喜爱和珍视，但又哪里比得过银杏这个叫法呢？不知道命名由来时，只是觉得好听。李时珍《本草纲目》

记载："原生江南，叶似鸭掌，因名鸭脚。宋初始入贡，改呼银杏，因其形似小杏而核色白也。今名白果。"鸭脚之名，取于其叶；银杏之名，取其果实。据说银杏要成片栽种，花粉谱系才能在鸟儿飞过的道路上流传有序。《本草纲目》上还说："须雌雄同种，其树相望，乃结实；或雌树临水亦可；或凿一孔，内雄木一块，泥之，亦结。阴阳相感之妙如此。"银杏单植要其结果，就得植于水边，它要照见自己的影子之后，方会结果。虽只是传说，但我喜欢这个说法，这样的银杏有灵气，动人。

因其果实俗称白果，在乡下，人们只习惯于叫银杏为白果树。银杏树生长缓慢，结果也慢，听说自然条件下从栽种到结果要二十多年，四十年后才能大量结果，故又被称作"公孙树"，有"公种而孙得食"之含义。银杏核仁"熟食温肺益气，定喘嗽"，"生食降痰"，李时珍曰："熟食，小苦微甘，性温有小毒。"古人吃银杏，一般是煮熟或者放在带火的炭灰中烤熟。杨万里《德远叔坐上赋肴核八首·银杏》云："深灰浅火略相遭，小苦微甘韵最高。未必鸡头如鸭脚，不妨银杏伴金桃。""深灰浅火"就是白果的烹饪之法。煮熟的银杏果，也是精致动人，果壳由米白变为灰白，果仁翡翠绿，微苦，极糯。想起母亲的嘱咐：不可多食，一次不得超过十颗。我谨记于心，每次必不超过十颗。据载，欧阳修在汴京为官时，梅尧臣曾在安徽宣城老家后园采得百颗银杏核，托人送给欧阳修。银杏去肉取核颇为不易。梅尧臣之雅意，可见一斑。欧阳修深为感动，赋诗致谢："鹅毛赠千里，所重以其人。鸭脚虽百个，得之诚可珍。"

银杏树高大挺拔，寿命绵长。夏天遒劲葱绿，秋季金黄可掬，给人以峻峭雄奇、华贵典雅之感。"细雨生寒未有霜，庭前木叶半青黄。"银杏是什么时候变黄的？在秋风一天凉比一天的江南，你若留心，还是可以发现银杏叶从边沿的褶皱开始，然后一点一点，一叶一叶，一树一树变黄。突然于某天，一阵风吹过，小巷里、屋顶上撒下无数金箔，是那种冷冷的古色古香。尤爱那些不结果的银杏，华丽，精致，有一种竭尽全力的美。

秋末冬初，金黄的银杏树下，人们接踵而至，仿佛只有这样，方不负银杏这一季的美好。着实，暖阳高照，将寒未寒。一棵棵银杏美得不可方物。我不爱随意比较，但我执着地以为银杏的黄略显厚重，有富贵相，无患子的黄则轻盈许多，似更亲民。玉老师说秋日的天空和金黄的银杏，一个蓝得灵魂出窍，一个金得百媚横生，真是绝妙。当阳光为它镀上温柔的金，天空为它配上辽远的蓝，每一片叶子，都熠熠生辉。秋日里，多抬头看看银杏，看看蓝天，眼里便会多出几分澄明与温柔。

银杏从通体金黄到叶落殆尽，摧枯拉朽般，时光尤显短暂。银杏叶黄时，若到树下漫步，想来会多一点况味。可以一个人，也可以两个人，却不宜一群人。一叶落地上，被人注意，引发若干感叹，它还是落叶。一叶落地上，被人注意，被人捡起，它还是落叶，但捡起来夹到书里，就可以是书签。只是，随叶而落的那些朝朝暮暮，却再也没法捡拾。然而，人之所想，人之所为，落下的一叶也许并不需要。春天来了，叶子生发；秋天到了，叶子掉落，这些都是自然的事情。

只是，重新生发的叶子已不是昨日的那片叶子。“秋风吹尽旧庭柯，黄叶丹枫客里过。”一人有一人之心境，一时又有一时之心境。当繁华褪尽，黑褐色的银杏树干和枝丫突然之间全无遮挡，繁华和清寂，不过一步之遥。丰子恺在《梧桐树》中这样描写梧桐叶落的光景：“这几天它们空手站在我的窗前，好像曾经娶妻生子而家破人亡了的光棍，样子怪可怜的！”读罢，竟被惹出泪来。虽然树有重盛日，金黄的银杏叶也确实好看，但我再不敢巴巴地期盼银杏叶子变黄。

鱼腥草

世间花草，模样好看名字也好听的并不少，模样好看名字不够好听的也不少，但如此直接地于“草”前冠以“鱼腥”的，想来应该不多。更有甚者，直呼其为“臭草”，比如在我的家乡。然而，懂它的人，即便叫它鱼腥草乃至臭草，言语当中也满是喜爱之情。这一点，鱼腥草应该是能感知到的，不然何以那么不知疲倦地生长繁衍呢。

三月，淫雨霏霏，春水蒙蒙。鱼腥草在湿润的泥土里，疯狂地汲取营养，悄悄地把根延伸到每一寸力所能及的土地，又抓住每一个机会将春水喝足，然后露出嫩绿的小身子，从芽长成叶。此时，那些早已迫不及待的人们，趁着露水未晞的清晨或春阳温柔泼洒的午后，于一丛丛鱼腥草前驻足，蹲下身来，双手顺着刚刚冒出芽尖的嫩苗扒开柔软的春泥，小心翼翼地挖出一条条肥壮的草根，或直接掐了其嫩芽。

鱼腥草蔓生在湿地、山谷阴处。身形多矮小，叶心形而肥厚，芽似赤紫，花苞素白若菡萏，根若牙白。那被许多人以为的四片白色花萼当中，托着开满黄色小花的穗状花序，安静恬淡，颇有几分温润模样。

然而，有着温润模样的鱼腥草却没有讨喜的口感。其独特而浓重的气味，简直有些孤僻乖张，几乎是一口下去立刻就让人划清了喜欢与厌恶的界限。有人嫌弃它的腥气汹涌，仿佛每一口都在挑战味蕾的极限，口腔里乱窜的气味几乎叫人呕尽胃底。有人则爱它从春泥里带来的土腥气，咀嚼时的清爽脆嫩，微微苦涩后回味的绵长甘香。第一口就爱上的，绝对是天定的缘分；第一口就排斥的，往往也就缘尽于此了。当然，也有人是在忍受了最初的不适之后，渐渐体会到从汁液中释放出来的特有清香，最终感受到丝丝淡淡的甜味。

有人说，若非它的辛辣乖张，就很难注意到它的存在。在我看来，鱼腥草仿若那个外表朴实又性格乖张的乡野姑娘，你爱与不爱，它未必在乎。儿时，我家后门的台阶下长满了鱼腥草。它们除了偶尔被母亲采来煮了泡脚外，几乎都是自生自灭。也曾听说可以采了叶片炒着吃，却从未付诸行动。后来，跟许多乡邻一样，公公每年都会采上许多，晒干了存放。时不时取出，剪成段，泡茶喝。婆婆更是拿它当神药，每每竭力推荐。同事也曾告诉我，她女儿感冒嗓子疼，喝了鱼腥草汤就好了。言语当中，充满感激。用晒干的鱼腥草煮茶，喝起来并无特别的气味。其性寒凉，确能清热解毒，抗菌，抗病毒，可极好地缓解咽喉上火、咳嗽等症状。看来，性情乖张，并不妨碍它拥有柔软的心肠。

人生百味，酸、甜、苦、辣、咸……众多味道中，腥味也占一席。作为食物，鱼腥草最是让人徘徊于爱恨边缘，“爱者嗜食，恶者嗅其气便做三日呕”，所谓好之者极好，厌之者极厌。然而，风味在传播，美食偏好也在变。近年，因鱼腥草口感爽脆，香味独特，又兼极高的药用功效，食用者越来越多。多是于春夏季采摘嫩茎叶，秋冬季挖掘地下茎食用。西南人多食其根，故称折耳根。如今，折耳根也渐渐地出现在江南的菜场和超市里。我曾于酒店吃到清炒的折耳根，切成小段，炒制后清白可人，油润光亮，打了灯光后，更有晶莹剔透之感。尝了一口，竟无传说中的“腥味于口中乱窜”，倒是温润得很，简直让人怀疑吃的不是折耳根。后来到乡下，几个朋友临时摘了一把，茎叶连根一同凉拌。虽有数种调料的多重掩护，却还是着着实实感受到了这乡野妹子的乖张，那味道也就霸道地留在了记忆里边。相较于家乡，贵州的折耳根似更不寂寞，做凉菜，炒腊肉，炒米饭，做蘸水……在饭店里也是必点小菜，爱吃的喜不自胜，吃不惯的也避无可避，深切感受到贵州人民对折耳根结结实实的喜爱。

鱼腥草，早时名曰“蕺菜”，这也是它植物学上的名称。绍兴有座蕺山，据说就是因山上多蕺菜得名。也有一说，“在府西六里，越王采蕺于此”，故名蕺山。还有说“蕺”古音发成“ze”，所以慢慢衍变成折耳根。不管怎样，绍兴蕺山跟蕺菜是脱不了干系的。

日本花道大师川濑敏郎特别喜欢鱼腥草，他说：“蔷薇、郁金香这样的花，他们本身就很漂亮，而且只有表面一张脸。但我喜欢的是鱼腥草这样，在与生俱来的清秀之中，隐藏着强烈激情的花。”

鱼腥草生命力之旺盛，有些出人意料。那年，有人送了一把鱼腥草给朱姐。挑拣后，她将那些不够嫩的随手扔到了单位的花坛里。鱼腥草从此一发而不可收拾，每年春天花坛里满是。朱姐自己采摘，同事采摘，来上老年大学的人更是捡了宝似的采摘。而我，则更感动于这样肆意的生长。它们以一份善良、一份朴实存在于世，从不炫耀，从不沮丧，自信而从容，即使在最恶劣的环境里，也有蓬勃的姿态。

想起当年同事递给我一枚煮熟的鸭蛋，我犹豫着该不该接时，她说："是用鱼腥草煮的。"那一刻，她的眼里充满对鱼腥草的虔诚。

玉竹

生命中的有些遇见，无论早一步，晚一步，都很美好。和玉竹的相见，让我愈发相信了一见钟情。自相见始，它美好的样子便总在我平凡而朴素的日子里，于不经意间给予我希望，让我觉得人间又多一份值得。

彼时，我并不知道玉竹是黄精的一种，只觉得世间怎会有如此玲珑的草木。那个下了雨的午后，我和一大片玉竹相遇。那叶、那花，经过水的濡湿，似沾了清晨的露珠，仿佛刚刚苏醒，泛着新鲜的光泽，真是雅致得很。在山野里，被人工种植的玉竹温柔、踏实，在四月将尽时静静地开花、扎根，像世间那些清纯的女子。

巧的是，不多日，朋友圈有人发了类似的图片，说是黄精，这让我着实吃惊和困惑了一把。在我有限的生活经验里，作为药膳食材的黄精和玉竹，分明是不同的呀。后来终于明白，玉竹花叶与多花黄精颇为相似，只因其茎秆如竹节，有别于其他黄精，故有玉竹之名。《本草经集注》云："茎干强直，似竹箭杆，有节。"宋代许及之有《黄精》诗曰："白发终烦扫，黄精莫认花。叶疑新竹箭，根类老姜芽。"看一四句，写的分明是黄精，可读第三句，总让人疑心是在写玉竹。玉竹之所以成为玉竹，绝非只凭了这"竹节"，更因它那冰清玉洁、纯真无邪的样子。叶片翠绿，玲珑剔透，花朵萌黄，精致小巧，连那根茎也是好看的圆柱状，形如菖蒲粗如指，是半透明的黄白色。这半透明的颜色，家乡方言里就是叫作"玉色"。在我眼里，那么多别名，如地管子、尾参、铃铛菜……无一敌得过“玉竹”，只因它从头至尾，无一不纯净。借李笠翁一句话就是：“使吾得见命名者，必颓然下拜。”

玉竹成片种植，若适逢开花，自是极为好看。但其实，玉竹的一片叶、一朵花也是极好看的。想起一则故事。日本茶道大师千里休家的牵牛花开了，丰田秀吉将军带着众人去赏花。谁知一进院子，满架的牵牛花了无踪影。原来，千里休一早就叫人把所有的牵牛花摘除，一朵不剩。将军以为被辱，勃然大怒，而千里休笑容可掬地打开茶室的屋门。只见屋内一朵漂亮的牵牛花于瓶中盛开，沾满晨露。丰田秀吉见之，折服而无语，这个粗人由此变得细腻起来。大师这是在教人素手拈花心从简，我们虽不必学他下狠手，却也可从欣赏玉竹的一片叶、一朵花乃至一片花瓣开始。这是走近植物的最好方式，对玉竹是，对其他草木也是。

和其他黄精一样，玉竹也自带仙气。古人修仙，要“避五谷”，就要吃“仙人饭”，黄精和玉竹便成为服食首选。还有一种说法，古人要“成仙”，有个关键步骤叫“飞升”，即将飞升的人自然得“轻身”，而玉竹可减肥，所以在古代作为飞升前的必备佳品，被人追捧。又据传西汉赵飞燕在入宫之前常服用玉竹，身轻如燕，体态婀娜，皮肤光洁似玉。一个女子，姿容俏丽，走起路来，如弱柳扶风，又如燕飞翩跹，万种风情，更兼歌舞双绝，算是名副其实的飞燕。1909年在甘肃发现的南宋平阳木刻年画《四美图》，画的是王昭君、赵飞燕、班姬、绿珠四位美人。可惜，赵飞燕的结局叫人感慨万千。一代美人，香消玉殒，只有“环肥燕瘦”留与后人言说。

玉竹和黄精，地面上相似的模样，却造就了地底下两种不同的药材。玉竹，味甘多脂，柔润之品，最早载于《神农本草经》，被列为上品。清代医学家张德裕在《本草正义》中说：“（玉竹）治肺胃燥热，津液枯涸，口渴嗌干等症，而胃火炽盛，燥渴消谷，多食易饥者，尤有捷效。”玉竹补而不腻，不寒不燥，有“清热润肺，养阴熄风，补益五脏，滋养气血，平补而润，兼除风热”之功效，故久服不伤脾胃。不仅如此，玉竹还有润肤美容之功效，是古代宫廷常用的美容方剂。玉竹还可以煲汤或泡茶。沙参玉竹老鸭汤，是广东传统名菜，滋补效果佳，具有很高的营养价值。澄明的汤色里有鲜红的枸杞、翠绿的香葱，加上几片玉竹，晶莹剔透，几根沙参，气味缓和。切成薄片的玉竹，煮熟后口感绵软。若要简单些，沙参玉竹泡绿茶，再加点蜂蜜即可。喝这样的茶，可润肺。

玉竹非玉亦非竹，却偏叫人想起黛玉和潇湘馆的竹子来。竹子给潇湘馆平添几分清幽，黛玉亦如玉竹般冰清玉洁。“病如西子胜三分，心较比干多一窍”，黛玉绝非一味柔柔弱弱、不食人间烟火的无知仙子。她聪慧通透，满怀柔情，满腹才情，是世间少有之心地干净的女子。只是，玉竹虽可清热润肺，却没能治好黛玉的病。她的哀愁那么重，她的病不只在肺，更在心。

玉竹的炮制有些奇特。秋季采挖后，将玉竹洗净，晒至柔软后，反复揉搓，直至将玉竹晾晒至无硬心。世人总叹生存不易，殊不知，草木的生长也得经历许多。我常想，万籁俱静，暮色渐浓时，玉竹是否也曾悄悄翻阅过往，整理心绪。这世上，最讲将心比心。炮制时的揉搓，是不倦的温柔与体贴。能得到这样的抚慰，玉竹怎会不心软呢？袁枚的《随园诗话》里，其中一则道及自己如何从“村童牧竖，一言一笑”中汲取作诗的灵感时，举过两个例子。一个是随园里的挑粪工在梅树下喜滋滋地说“有一身花矣”，另一个是送行的野僧对他说“可惜园中梅花盛开，公带不去”。挑粪工和野僧，才是真正贴近梅花的人。我不知道，是谁第一个发明了这种边晒边揉搓玉竹的方法，至少，他懂玉竹的心。

这个被玉竹引为知己的人，想来应是面朝黄土背朝天的药农。

紫藤

总有一些春光，可以被收集起来，出现在菜场里，比如香椿芽，比如紫藤花。只是，卖它的菜农不叫这种细碎的焯熟了的淡紫色花为紫藤花，而是习惯称它黄藤花。惹得我总想去山上一看究竟，那藤，到底是不是黄的。

其实，山上的紫藤花我也见过不少，但都离得远，又从未靠近，更别说采摘了。也许某天其实靠近过，但紫藤谢了花落了叶，我又未必认得出。公园里，也多有紫藤长廊，枝干横逸斜出，钩连盘曲，攀栏缠架。看那藤，也只是浅浅的灰，上面长满青苔。

人间四月天，美得勾人魂魄，紫藤也“瀑泻珠飞泛紫霞”，“韵致别开倒串花”，花儿一串串跳出，仿佛一夜间，长廊就披上了紫衣。这花串，叫人想起古代女子别在发鬟间的流苏，风吹过，摇曳晃动，叫人生出无限遐想，难怪李白说紫藤“密叶隐歌鸟，香风留美人”。紫藤花的香，带着甜味，但长廊里的紫藤多长得高，若非踮起脚尖凑近了闻，其实难闻得到。当然，有风吹过，就另当别论了，那风着实是香风，带着清甜。

紫藤花开为淡紫色，不仅颇有仙意，而且在古代，紫色代表尊贵。我喜欢紫藤，也并非因其贵气，只是像喜欢其他花一样地喜欢着。然紫气即为祥瑞，更兼枝蔓绵延、果实累累的吉祥寓意，因此紫藤备受皇室推崇。故宫所藏文物中，紫藤题材的有画作，有瓷器，也有摆饰。看《我在故宫修文物》，记得专家修复过一幅巨大的紫藤通景画，是在倦勤斋的天棚上。那是乾隆在他颐养天年之地“搭设藤架”，以便抬头观花。

有藤之地，多显环境清幽，种藤之人，亦多萧散疏放，故不少寺庙都种有紫藤。一千多年前的长安，暮春，有人前往慈恩寺，寺中春色唯余紫藤，于是写下“慈恩春色今朝尽，尽日裴回倚寺门。惆怅春归留不得，紫藤花下渐黄昏”的诗句。那一刻，他于紫藤花下，仰面看殿宇高高翘起的檐角，风铃伴着暮鼓，伤春之情藏无可藏。这个人就是白居易。他并不喜欢紫藤，为表达对阿谀奉承者的痛恨，还将紫藤比作攀附权势的谀佞之徒和蛊惑人夫的妖媚妇人。可在其《紫藤》一诗中得到印证：“柔蔓不自胜，袅袅挂空虚……附著君权势，君迷不肯诛。又如妖妇人，绸缪蛊其夫……”虽对紫藤缘木而生的习性颇有微词，但对于紫藤做成的手杖，他却称赞有加。其《三谣·朱藤谣》云：“朱藤朱藤，温如红玉，直如朱绳。自我得尔以为杖，大有裨于股肱。”

朱藤就是紫藤。《清稗类钞·植物类》寥寥数语写出了紫藤作为豆科植物的外形特征及用途：“紫藤为蔓生木本植物，茎缠络于他物，叶为奇数羽状复叶。春暮开蝶形花，紫色，为总状花序，长三尺下垂。实成长荚。蔓甚坚强，可束物，皮之纤维可制丝织布。”除束物、织布外，因其柔韧性好，紫藤也是为杖之佳品。后世诗歌也有不少提到这种手杖。想起那日，我们游玩于百杖潭，也从村民手中买下一根手杖，说是什么刺的藤，厚重，结实，据说可经数年不烂，跟紫藤手杖相比，不知哪个更受懂行人青睐。

唐以前，紫藤在文献中并不多见。唐陈藏器《本草拾遗》始载，名曰招豆藤。《本草纲目》引陈藏器曰："藤皮着树，从心重重有皮。四月生紫花可爱，长安人亦种之以饰庭池，江东呼为招豆藤。其子作角，角中仁，熬香著酒中，令酒不败。败酒中用之，亦正。其花挼碎，拭酒醋白腐坏。"紫藤豆实竟有令酒不败、令败酒亦正的功效，不知酿酒、好酒之人是否知晓。反正，我从未见人采摘过紫藤果实，更别说是拿来"正酒"了。

紫藤花可入馔，听说还是传统下酒菜。在斋宴之中，紫藤花堪比素八珍的美味，食用紫藤花的风俗绵延至今。明朱橚《救荒本草》称之为藤花菜："采花煠熟，水浸淘净，油盐调食；微焯过，晒干煠食，尤佳。"清人富察敦崇《燕京岁时记》曰："四月以玫瑰花为之者，谓之玫瑰饼。以藤萝花为之者，谓之藤萝饼。皆应时之食物也。"藤萝花即紫藤花。藤萝饼与玫瑰饼、绿豆糕、萨其马并称为京城四大时令糕点。紫藤刚有花苞时，就采下四五串，用糖渍了伴着猪油做馅，再往里加点果仁，包在面团里上笼蒸，不多时就能吃上一盘滑糯的藤萝糕。而老式的饽饽铺里卖的是烘焙的藤萝饼，层层起酥，一口咬下，酥皮就翩然而起，如片片鹅毛，因此也叫"翻毛藤萝饼"。都是听说，没有尝过，这对喜爱甜点的人来说，既是向往，也难免怅惘。我所生活的地方，似乎只会将紫藤花焯熟，切一些腊肉丁，加了葱姜蒜炒的。当然，紫藤花有微毒，小吃怡情，尝个鲜也就罢了。若用之得当，有解毒、止呕之功效。

紫藤入画，尤其是花鸟画，便呈现出别样的风貌来。我不懂画，只觉得入了画的紫藤野性不足，淡雅有余。比如乾隆十年（1745）的状元钱维城擅长用写实的手法描绘折枝花果，他笔下的紫藤花朵朵饱满，姿态各异，且颜色由浅入深、浓淡分明，十分可爱，叫人不由自主地联想起宗璞笔下的紫藤来。吴昌硕、齐白石也爱画紫藤，看他们的画，勾勒涂抹间，花叶下垂，洋洋洒洒；着以浓墨的枝条和茎干，作为画面的骨架，或狂草，或飞白，苍劲有力，静中有动。但我最喜欢的还是林风眠笔下的紫藤，几串花儿朦胧摇曳，鸟儿于花下优哉游哉，看着看着会暂时忘却人世烦恼。

有一棵出了名的紫藤，在拙政园旁苏州园林博物馆的忠王府内，据说是书画家文徵明手植，已经400多岁。明御史王献臣官场失意回乡，寻了一块地建园子，寻的是唐代陆龟蒙的宅第，元代时此地是大弘寺。王献臣取晋代潘岳《闲居赋》中“灌园鬻蔬，以供朝夕之膳……此亦拙者之为政也”之意，取园名为拙政，表明自己笨拙朴实，以花园为政，养花种菜为日常。文徵明和唐伯虎、祝允明、徐祯卿合称“吴中四才子”，当过翰林院待诏，与王献臣一样，也是不满时政辞官回乡，所以两人应是惺惺相惜的好友。他不仅参与了拙政园的规划与设计，写了《王氏拙政园记》，画了《拙政园三十一景图》，还为每一景点题诗一首，又于东面一角亲手栽种了一棵紫藤，也算有心。如今，苏州博物馆里也有一个紫藤庭院，听说庭院内的紫藤嫁接了文徵明手植紫藤的枝条，以示“文脉相传”。

世间更多的自然是籍籍无名的紫藤，比如山上野生的，比如公园里的。而杭州太子湾的那棵紫藤，植于石头旁，低低地斜于水边，倒也别有情趣，叫人过目难忘。

栀子

“cuī——cui，这耳朵进，这耳朵回，叫一声就回哦。cuī——cui……”在我的手腕或脚底贴上一块黄色面团后，母亲总会边摸我的双耳边念叨，前一个“cuī”拖得很长，后一个成了轻声。

这黄色面团就是栀子所染。我们不称栀子，只叫“山栀”，是栀子的别名之一。母亲用它给我压惊，俗称“叫魂”。在母亲身边，许多个夜晚都是这样度过的。

“叫魂”并非迷信，栀子果是传统中药，确有镇静之功效，此外还可护肝、利胆、降压、止血、消肿。这是后来知道的，儿时并不这样觉得。

从前，帮着母亲剥栀子果时，并未觉得它有多好看，可如今，在集市上见到药农从山上采下的鲜果，或黄中带绿，或橙红鲜亮，着实好看。干了的栀子果并不好剥，我常拿剪刀剪开一端，费劲地剥了壳，再将里面的果仁剪碎。母亲用温水泡开了，再和上面粉。如今，到药店买栀子果，多半已磨成粉，分小袋装好，但我总疑心他们是连壳一起磨的，谁有那闲工夫给你剥壳呢。

许是因了栀子果极好的药效，有人会萃汁把糯米染成淡淡的橙黄色用来包粽子，也有人将它磨成粉和面，加糖后做成栀子粿。据说都很好吃，但我是怎么都无法接受的。许是被用来压惊压得多了，总觉它只是药，就像我到现在都无法接受喝雄黄酒一样，即便是端午时，母亲在角角落落洒完雄黄酒后，要在我额上点一点，我表面虽不敢抗拒，但内心里还是拒绝的。

但用栀子果作染料，我是喜欢的。在古代，特别是汉代以前，栀子果是染黄色的主要材料。栀子用于染色，早在秦汉就有记载。《汉官仪》曰：“染园出卮茜，供染御服。”这里的“卮”应当就是“栀子”。明代诗人陈长明《迎仙客》咏栀子：“栀子房，老经霜，曾染汉宫衣袂黄。”可证之。“茜草染绯，栀子染黄”，栀子染出的就是纯正的黄色，不过据说用栀子染容易掉色，后改用槐花、姜黄。

染色的工艺似乎并不复杂。新鲜的栀子果，捏碎浸泡 3 小时，过滤，即可取染液。干栀子果放入热水浸泡一夜，泡软后将果实剥开或捏碎，加火煎煮，煮沸后再煮 30 分钟，熄火。过滤，取第一次染液。可重复煎煮取 3~4 次。若能用自己到山上采摘的栀子果，染几方手帕或围巾，即便怕褪色不用，就这样看看也是好的。

栀子花雪白，浓香。在江南，跟茉莉、白兰花一起，被称为“夏日三白”。

栀子花种类极多，我见过的并不多。小叶重瓣的栀子花，常于园林绿化中见到，植株矮小，花朵不大不小，很精致。大叶重瓣的，老家院子里就有一棵，不仅花大，叶子很大，植株也高大许多。还有一种是山里常见的野生栀子花，花朵不小，叶子也大。这野生栀子花，我也是见过的，但不是在山上，也非鲜花，而是被人采了来焯熟后泡在水里，放在菜场里卖。据说，吃了可以降火。

我曾买过栀子花，加些姜蒜盐酒，用火腿肉丝炒了，吃起来爽滑脆嫩，比紫藤花口感要好，紫藤花太小，过于密实，口感略硬。只是，也有人极爱这清凉之物，遂将焯熟的栀子花冷冻，到过年还能吃到。栀子花的吃法不止这一种，还有焯熟了凉拌的，或将花瓣裹上面粉油炸的。话虽如此，但这么香的栀子花被摘了下来，心下总是惋惜的，所以也不常买。而对紫藤花的惋惜之情就少却许多，毕竟，它开得那么繁密。单瓣的野栀子花吃掉了确实可惜，因为秋冬结出的橙红色栀子实在漂亮。就此而言，湖南人似乎要聪明得多，听说他们摘的时候，只取花瓣，留下已经授粉过的雌蕊，所以并不影响它结出橙红的果实来。

从前，单位门口的临波园，用栀子作绿篱，每年夏日开花时节都被人折了去，凡够得着的，花朵花蕾一起折。汪曾祺在《人间草木》里说："栀子花粗粗大大，又香得掸都掸不开，于是为文雅人不取，以为品格不高。栀子花说：'去你妈的，我就是要这样香，香得痛痛快快，你们他妈的管得着吗！'"老先生素来平和，难得如此冲动，只为给栀子花抱不平。我也想这样痛痛快快地骂这种盗花行径，然，每每只能狠狠地瞪上几眼，以示心内之愤愤然。

栀子的叶子油绿可人，夏日里，看着有清凉之意。鲁迅在《朝花夕拾·小引》中曾写："广州的天气热得真早，夕阳从西窗射入，逼得人只能勉强穿一件单衣。书桌上的一盆'水横枝'，是我先前没有见过的：就是一段树，只要浸在水中，枝叶便青葱得可爱。看看绿叶，编编旧稿，总算也在做一点事。做着这等事，真是虽生之日，犹死之年，很可以驱除炎热的。”

栀子亦可水培。水横枝，是它的一个别名，颇有诗意。

这么怡人的栀子，风雅的宋人是不会错过的。南宋时，人们用它插花。《西湖老人繁胜录》在提及江南端午节的习俗时载：“初一日，城内外家家供养，都插菖蒲、石榴、蜀葵花、栀子花之类，一早卖一万贯花钱不啻。何以见得？钱塘有百万人家，一家买一百钱花，便可见也。”栀子花开于端午前后，与菖蒲、石榴、蜀葵花一同出现于集市中，寻常百姓也买来插于瓶中。这样的插花组合，因有了栀子花，平添几分别致和清雅。只是，这样的习俗，应是渐行渐远了吧。

弘一法师有一幅字，写的是石屋清珙禅师的诗：“过去事已过去了，未来不必预思量；只今便道即今句，梅子熟时栀子香。”在江南湿哒哒的梅雨季里，栀子花香香地开着。人生苦短，且不管那过去事、未来事，静静地享受这花香便是了。